회사 밖에서 다시 시작

퇴사 전보다
불안하지
않습니다

회사 밖에서 다시 시작

퇴사 전보다
불안하지
않습니다

곽새미 지음

푸른향기
Prunhyanggi Publishing Co.

퇴사하고 세계여행,
그 후의 이야기

이 책은 여행기가 아니다. 밤새 떠들 수 있을 만큼의 사연 많은 여행을 했지만, 이미 차고 넘치는 여행기에 보태는 대신 후일담을 나누고 싶었다. 여행의 감상보다는 그로인해 달라진 삶에 대한 이야기 말이다. 부부가 동시에 퇴사하고 세계여행을 다녀와 회사에 돌아가지 않고도 삶이 형편없어지지 않은 이야기들을 해보고 싶었다. 한창 일할 나이에 백수인 삼십대가 뭐하고 사는지, 오백일의 시간이 우리를 어떻게 변화시켰는지를 말하고 싶었다. 대단한 용기를 짜낸 것 같지만 실상 퇴사를 하고 세계 일주를 다녀왔단 것만으로 이슈가 되던 때는 지났다. 문제는 그 이후였다. 나 역시 여행을 결심하기 전부터 지금까지도 다른 여행자들이 어떻게 사는지 궁금했지만 쉬이 알 수 없었다.

퇴사와 세계여행. 오래 고심해 내린 결정이었지만, 막상 해보니 별 게 아니었다. 전문 기술이 있거나 이직할 회사가 정해져야 회사를 나올 수 있는 줄 알았다. 세계여행은 노후가 보장될 만큼 돈을 충분히 벌어 놔야 가는 줄 알았다. 다녀오면 빈털터리가 되어 다시 일도 못하고 돈도 없는 막막한 백수가 될 줄 알았는데 아니었다. 직접 부딪혀보니 큰일 아니었다. 막연히 상상하며 키워온 불안의 고리가 많이 헐거워졌다. 물론 믿을 구석이라고는 조금의 경력뿐. 월세가 나올 집이 있는 것도 아니고, 자격증이 있는 전문직 출신도 아니다. 나를 움츠러들게 하는 것이 도처에 널려 있지만, 퇴사 전보다 불안하지 않다고 자신 있게 말할 수 있다. 그래서 더욱 말하고 싶었다. 여행 후의 이야기는 형편없지 않다고.

여행이 끝나고 회사로 돌아가는 대신 자유로운 가능성에 나를 조금 더 맡겨보기로 했다. 태어났으니 산다는 마음으로 회사를 다녔던 때로 돌아가고 싶지 않았다. 잘 지내냐는 안부에 '나쁘지 않다.'로 일관하는 대신 그때보다 돈은 적게 벌더라도 '잘 지내.'라고 스스럼없이 말하고 싶다. 그래서 남편과 둘 다 재취업하는 대신 여러 가지 일을 시도해보기로 했다.

드라마 「슬기로운 의사생활」에서 석형(김대명 분)이 좋아하는 의사 일을 그만두고 아버지의 유언대로 회사를 물려받게 될 기로에 놓인 장면이 나온다. 선택해야 하는 그를 두고 친구들의 의견이 분분했다.

"나라면 인생에 한 번쯤 대표님 소리도 들어보고 좋을 것 같은데? 해보고 아니면 다시 의사 하면 되잖아."

이 대사를 듣고 나도 고개를 끄덕였다. 그렇지. 의사는 전문직이니 해보고 아니면 다시 의사 하면 되겠네. 그런데 석형은 덤덤하게 응수했다.

"시간이 아까워. 좋아하는 거, 하고 싶은 거만 하면서 살래. 그래서 너희랑 밴드도 다시 시작하자고 한 거야."

머리를 한 대 맞은 듯했다. 석형이 맞다. 인생은 짧기에 이리저리 재어볼 시간에 좋아하는 걸 하나라도 더 해야 한다. 퇴사한 지 2년이 훌쩍 지났지만, 아침이면 분주한 도시에 잰걸음으로 몸을 욱여넣는 것보다, 잠옷 차림으로 집에서 내 리듬대로 일하는 게 좋다. 회사의 이름에 기대어 돈을 벌기보다 시간이 지날수록 '내' 기술이 늘어나는 편이 더 좋다. 남편도 마찬가지고. 그래서 뜻이 맞은 두 삼십대 남녀는 아직 백수부부다.

퇴사와 여행을 고민하기 전 미리 선행한 여덟 부부를 만났다. 여행을 마치고 저마다 행복하게 지내는 모습을 보며 많은 용기를 얻었다. 그중 네 부부의 이야기도 중간 중간 인터뷰 형식으로 엮었다. 이 책이 누군가에게는 미뤄둔 꿈을 이루는 데 작은 불쏘시개가 되길 바란다. 퇴사나 세계여행일 필요는 전혀 없다. 하고 싶은데 현실의 무게에 발목이 잡혀 내내 미뤄왔던 무엇인가를 꿈틀거리게 한다면 좋겠다. 당신의 마음에 여백이 만들어지기를.

유채꽃이 만발한 3월 제주에서.

목 차

Chapter 1

퇴사를
하 다

서른, 멀리서
북소리가 들려왔습니다

어느 날 아침 눈을 뜨고 귀를 기울여 들어보니 어디선가
멀리서 북소리가 들려왔다. 그리고 그 소리를 듣고 있는
동안, 나는 왠지 긴 여행을 떠나야만 할 것 같은 생각이 들
었다. 이것으로 충분하지 않은가. 먼 곳에서 북소리가 들
려온 것이다.

－ 무라카미 하루키 『먼 북소리』 (문학사상, 2004)

  세계적인 작가 하루키의 문장을 빌려 말하자면 내게도 멀리서 북소
리가 들려왔다. 그는 마흔 살에 달성해야 할 무엇인가를 달성하지 않은
채로 세월을 헛되이 보내는 것이 두려워 유럽으로 떠났다. 그 곳에서 쓴
『노르웨이의 숲』 (상실의 시대)은 그를 세계적인 소설가의 반열에 오르
게 했다. 30년이 지난 책을 읽으며 나도 하루키처럼 긴 여행을 다녀오

면 무언가 몰두할 만한 영감을 받을 수 있지 않을까, 라는 막연한 희망이 들었다.

그 나이에 통과의례처럼 해내야 할 과업이 있다고 줄곧 생각해왔다. 십대에 질리도록 공부를 해보고, 이십대에는 몸을 못 가눌 정도로 술도 마셔보고, 친구들 사이에서 두고두고 흑역사로 회자될 연애나 에피소드를 만드는 일 따위 말이다. 삼십대는 '이립(而立)'이라고도 한다니, 마음을 쏟을 수 있는 일에 정착해야 될 때라고 생각했다. 대학을 졸업하고 들어가 5년 넘게 했던 일은 그 기준에 부합하지 않았다. 나의 서른에 만족했더라면 이 책은 쓰여지지 않았을 것이다. 퇴사도, 세계여행도, 제주살이도 하지 않았을 테니까.

나는 유난히 서른을 걱정했다. 걱정의 연대기는 스무 살 때로 거슬러 올라간다. 존재 자체만으로 빛나는 스무 살부터 십 년 후를 걱정했다. 『서른이 되기 전에 알아야 할 것들』 같은 '서른 포비아(서른 살이 되면 큰일 날 것 같은 공포)'를 조장하는 책을 사서 읽었다. 심심하면 '서른이 되기 전까지 꼭 해야 할 일들' 리스트를 쓰는 등 쓸데없는 일에 열을 올렸다. 놀기에도 부족한 시간에 갖은 유난을 떨었다.

'서른 공포증'은 이십대 중반이었던 직장인 1~2년 차에 정점을 찍었다. 스트레스를 받을 때마다 중고서점으로 달려가 '서른'에 대한 책을 광적으로 수집하기 시작했다. (새 책만 샀다면 가세가 기울었을 거다.) 시중에 나와 있는 서른에 대한 책을 섭렵하자 이제는 '서른셋' '서른다섯'으로 확장하는 어리석음을 발휘했다. 그렇게 모은 책은 서른 이후에 중고서점으로 다시 팔아버렸다. 노스트라다무스의 예언대로 지구가 멸망하는지 초미의 관심사였던 해보다 2018년 내가 한국 나이로 서른이 되던 해

퇴사 전보다
14 불안하지
않습니다

Chapter1
퇴 사 를 15
하 · 다

가 더 긴장됐다.

그렇게 서른이 되었지만 십 년을 준비해도 나의 서른은 그때껏 그려 온 모습과는 많이 달랐다. 자차와 자가를 소유하며 커리어의 정점을 찍고 있을 줄 알았다. 하지만 현실은 입사 오 년이 지나도록 후배 직원 하나 없이 여전히 회식 장소를 예약해야 하는 막내 신세를 면치 못했다. 서른이면 혼자서도 잘 하는 어른인 줄 알았는데, 운전도 잘 하지 못하며 옷에 김칫국물을 흘렸을 때 어떻게 빨아야 하는지 일일이 엄마에게 물어보는 애였다. 매년 갱신해야 하는 공인인증서도 할 때마다 애를 먹는 허당이었다. 출장의 소소한 낙인 항공사 마일리지도 적립하지 않은 헛똑똑이였다. 서른에는 드라마에서 보던 예쁜 정장에 힐을 신고 사무실을 또각또각 걸으며 해외 출장도 많이 가는 커리어우먼일 줄 알았건만, 현실은 달랐다. 발이 아파 힐은커녕 편안함을 위주로 고른 단화만 신었고, 정장은 면접 이후로 옷장에서 나온 적이 없다. 화장도 안 해서 기초 화장품을 제외하고는 2015년에 아이섀도를 구매한 게 마지막이다.

여기서 더 심각한 문제는 연차가 쌓일수록 미궁 속으로 빠지는 경력이었다. 다른 일을 하기 두렵고 적응하기 귀찮아 한 직무만 오 년 넘게 했더니 이 일만 할 줄 아는 바보가 된 듯했다. 새로운 일과 사람에서 오는 스트레스를 차단하고 싶었을 뿐인데, 어느새 적당히 일하고 그만큼의 돈을 벌며 현실에 안주해버렸다. 그렇게 스무 살부터 유난 떨며 그려 온 모습과는 점점 괴리가 생겨갔다. 어느 한 시기에 달성해야 할 무엇인가를 성취하려면 부지런히 안전지대에서 나와야 했지만 매몰되어버렸다. 이대로 마흔이 되면 큰일이었다.

이대로는 마흔에도 쉰에도 일상에 얽매인 채 나이만 먹을 것 같아 두려워 뭐라도 하지 않으면 안 될 것 같았다. 지금이 아니면 영영 못할 것 같은 생각이 들었다. 회사에서의 하루는 비슷했고, 마감을 하고 나면 한 달이, 일 년이 똑같고 연차와 소정의 퇴직금만 쌓이는 인생. 그대로 있다가는 그 즈음에 달성해야 할 무언가를 놓친 채 이대로 불평만 하다 끝날 것 같았다. 어쩌면 나도 하루키처럼 한국 생활을 정리하고 조금 긴 여행을 떠난다면 그 시간이 터닝 포인트가 되지 않을까, 막연히 기대했다.

물론 지금은 비교적 쉽게 할 수 있던 일을 앞으로 할 수 없게 될지 모른다. 예를 들면 월급날 근사한 곳에서 저녁 먹기, 법인카드로 (외근하고) 택시 타기 혹은 (야근 식대로) 공짜 밥 먹기 등. 나열하면서도 얼마나 중요하지 않은 것들인지 기가 찬다. 회사 돈으로 맛있는 것을 먹으려면 아침부터 시간을 보낸 사람들과 저녁까지 함께 먹어야 했다. 회사 돈으로 택시를 탈 때도 지루한 외근 길이었다. 그 별것 아닌 것으로 달콤한 현실을 영위하기에는 내 상태가 위험했다. 이대로라면 나의 마흔은 내가 한심해 마지않은 어른의 모습임이 자명했다.

퇴사를 하고 세계여행을 다녀온다고 해서 인생의 답은 찾지 못할지도 모른다는 걸, 극적으로 모든 것이 바뀌지 않을 것이라는 걸 누구보다 잘 알면서도 실낱같은 희망을 품고 여행을 떠나기로 했다. 그냥 저 멀리서 북소리가 들려오니까, 북소리를 내는 그 북이 어떻게 생겼는지 봐오겠다는 오기가 생겼다. 죽이 되든 밥이 되든 백수가 되든 다시 월급의 노예가 되든 일단 지금 북소리를 찾아 떠나야겠다. 그렇게 오백일의 세계여행을 떠나기로 마음먹었다.

그 좋은 회사를
왜 나왔냐면요

남편과 나는 둘 다 30대 초반이었고, 여의도에 나란히 붙어있는 두 회사의 대리였다. 아침이면 지하철을 놓칠까 구두를 신고서 연골이 닳도록 뛰었고, 저녁이면 각자 일과를 마치고 집으로 돌아와 레토르트 식품을 데워 저녁을 먹었다. 대화할 시간은 부족하고 요리할 에너지는 없었지만, 대체로 야근은 안 했다. 주말에는 결혼식을 가거나 밀린 빨래를 했고, 일요일 저녁이면 심해로 가라앉을 듯 무거운 마음으로 셔츠를 다렸다. 2년이 지나고 집주인이 전세금을 얼마 올릴까 궁금했지만, 부동산에선 아무 연락이 없었다. 동결이었다. 떠나지 않았더라면 별일이 없이 잘 지냈을 것이다. 관성대로 오늘처럼 내일을, 내일처럼 내년을 사는 일은 쉬웠으니까.

남들처럼 번아웃 증후군, 공황장애 혹은 감기 같은 우울증을 겪지도 않았다. 대체로 나쁘지 않은 근무 환경이었다. 그 점이 마음에 들지 않았다. '나쁘지 않다'는 '좋다'의 반대어가 아니다. 나쁘지 않다고 좋은 것만은 아니니까. 스타킹의 올이 풀린 기분이었다. 올이 나간 스타킹을 신을 수는 있다. 시나브로 손톱만 하던 올이 점점 커져 결국 신을 수 없을 만큼의 큰 구멍이 되는 게 문제다. 적당한 근무 강도와 벌이, 대출받기 좋은 회사 간판. 좋은 건 알겠지만 허울뿐인 것 같아 늘 달뜨고 불안했다. 이 올이 언제 커다란 구멍이 될지 모를 일이었다. 결국 시간문제지 올 나간 스타킹은 다시 갈아 신어야 한다.

'5시 퇴근, 유연근무제 사용, 사내 어린이집, 강제적 시간외 근무 없음, 많진 않지만 적지도 않은 월급과 복지' 버리기 아쉬운 조건의 회사에 다녔다. 서른 곳이 넘는 회사에 떨어지기를 반복하던 팍팍한 졸업반 시절 이 회사를 만났다. 모든 채용설명회가 그렇듯 이곳 역시 꿈과 희망만을 심어주었다. 그중 가슴으로 날아와 박힌 말이 있었으니.

"여러분, 5시에 퇴근한다는 게 어떤 의미인지 아시나요? 「6시 내 고향」을 본방 사수할 수 있다는 거예요!"

한 번도 「6시 내 고향」을 찾아본 적이 없었고 앞으로도 본방 사수할 일은 없을 것 같았지만, 어느 홍보보다 자극적이었다. 그날로 나는 결정했다. 내가 갈 곳은 여기다.

운명적인 만남 후 몇 달이 지나 어느덧 마지막 면접을 앞두고 있었다. 그런데 면접시간이 조금 이상했다. 월요일 오후 5시였다. 이 회사 5시 퇴근이라면서 면접을 왜 퇴근 시간에? 속은 건가? 느낌이 싸했다. 그럼에도 물불 가릴 때가 아니었기에 15분 전에 사무실에 도착했다. 2차 면접 때 만났던 낯익은 얼굴들과 인사를 했다.

곧이어 면접을 안내해주는 직원이 오더니 우리를 일으켜 세웠다.

"자, 갑시다~"

가긴 어딜 가요? 면접은 여기 회의실에서 보는 거 아닌가요?

의아했지만, 사무실에서 나와 다 함께 걸어갔다. 어영부영 도착해 정신을 차려보니 팀장님 세 분과 면접대상자 다섯 명이 고깃집에서 마주보고 앉아있었다. 면접 장소도 이상했다. 불판을 사이에 두고 면접이라니. 그렇게 술과 함께 시작된 면접은 3차까지 이어졌고, 술 한 모금에도 얼굴이 빨개지는 나는 탈락을 직감했다. (정규 채용 절차가 아닌, 나 때만 특수하게 진행된 것이었다. 면접만으로 우열을 가리기 힘들어 밥 한 끼 하며 이야기를 더 나눠보자는 취지에 술이 얹어졌다고.) 술 면접보다 충격적인 사실은 술자리 3차가 끝났는데 아직 시계는 9시를 가리키고 있는 것이었다. 5시에 퇴근하는 회사는 회식 시간이 그만큼 길다는 사실도 알게 됐다.

다음날 메일함에 조용히 결과가 도착했다.

'좋은 인재지만 아쉽게도….'

메일을 읽는데 별로 아쉽지 않았다. 내가 잘할 수 없는 싸움터에서 두 발로 걸어 집까지 돌아온 것만으로 대견했다. 졌지만 잘 싸웠다. 그렇게 다시 취업준비생으로 돌아가고 한 달이 지난 어느 날, 다시 같은 번호에서 전화가 걸려왔다. 추가 합격 뭐 그런 건가? 잔뜩 목청을 가다듬고 공손하게 전화를 받았다.

"그때 면접 본 직무 말고 다른 직무에서 사람을 뽑고 있는데, 괜찮으면 면접 한 번 더 보실래요?"

기대했던 추가 합격은 아니었지만 다시 기회가 주어졌다. 또다시 술 면접일까 걱정이 앞섰지만, 당시 채용 전형이 남은 회사가 없었다. 까짓 것 술 한 번 더 먹고 그때 뵀던 분들이랑 한 달간의 회포도 풀 겸 면접을 보기로 했다.

벌써 네 번째 가는 여의도. 왠지 이번엔 느낌이 좋았다. 회사 로비 엘리베이터 앞에서 익숙한 얼굴을 보기 전까진. 한 달 전 함께 술을 마셨던, 나 대신 합격했음을 믿어 의심치 않은 여자가 정장을 입고 서있었다. 경쟁자를 만났다는 사실보다는 반가운 친구를 만난 것처럼 잔뜩 긴장한 마음이 풀어졌다.

"언니가 여기 왜 있어요? 당연히 언니가 붙은 줄 알았는데!"(술이 들어가다 보니 금방 친해짐)

반가움 반, 충격 반에 물었다.

"나는 당연히 네가 붙은 줄 알았는데 네가 여기 왜 있어?"

그 언니 역시 같은 표정이었다. 우리는 5초 만에 결론에 도달했다. 영업사원 3명을 뽑은 지난 면접에서는 다섯 명 중에 주사가 들통 난 남성 지원자 한 명을 제외하고 두 남자만 붙은 것이었다. (이 와중에 주사 있는 지원자를 걸러낸 술 면접은 대단했다.) 씁쓸한 사실을 확인하고 함께 엘리베이터를 타고 회의실에 들어갔다. 이번엔 다행히 술 없는 보통 면접이었다. 이미 합격한 회사가 있던 언니 대신 갈 곳 없던 딱한 나를 뽑아주었다. (사무실이 바로 길 건너였던 그 언니와의 우정은 한 달 차이로 퇴사를 하고 백수생활을 함께하며 더욱 깊어졌다.)

못하는 술까지 마셔가며 힘들고 어렵게 입사했을 땐 온몸에 전율이 돌 정도로 감사했던 회사에 익숙해지는 건 그다지 오래 걸리지 않았다. 호의는 늘 있는 공기처럼 당연한 것이 되어버려 남은 건 불만과 불안뿐이었다. 6시만 되어도 텅 빈 사무실을 가리키며 고참들은 입을 모아 말했다.

"이런 회사 없다. 다른 데 가서 고생하지 말고 이런 곳은 오래 다녀야 한다."

끝까지 버티라고, 여자가 다니기에 참 좋은 회사라고. (역설적으로 이 말을 한 분들 모두 남자였다. 여자가 다니기 좋은 회사는 여자가 판단해야 정확하다는 걸 꽤나 후에야 깨달았다.)

신데렐라의 유리 마차가 한순간 호박으로 바뀐 것처럼 삼보일배를 하며 출근하고 싶던 회사의 단점만 보이기 시작했다. 경제성장의 파도에 몸만 싣고 있어도 승진과 내 집 마련이 수월했던 시대에 회사생활을 했던 분들과는 견해에 시차가 있을 수밖에 없었다. 올라탈 파도가 없는 저성장시대인 지금은 동일한 노력에 상응하는 보상은 기대하기 힘들다. 일의 재미와 보람도 중요하지만 회사원에게 가장 중요한 건 뭐니 뭐니 해도 머니, 돈이니까. 파도에 올라타면 승진과 임금인상의 속도가 다르다. 그 시절 월급만 차분히 모아도 서울에 내 집을 마련할 수 있었지만, 지금은 아무 것도 하지 않고 16년을 모아야 살 수 있다. (초고를 쓸 때만 해도 11년이었는데, 퇴고를 하는 일 년 남짓 사이에 5년이 늘어났다.) 무리라는 이야기다. 파도에 오르긴커녕 바닷물이 빠져나가면 모래 안으로 깊이 박혀버리는 발처럼 애쓰지 않으면 뒤처진다. 애초에 만족도가 다를 수밖에 없다.

단 하나, 저녁 6시에 사무실에 남아있는 사람이 거의 없다는 말은 맞았다. 눈치가 보여 5시 정각에 퇴근한 날은 손에 꼽을 정도였지만, 그래도 저녁시간을 영위할 수 있었다. 그 점에 쉽사리 퇴사할 수 없었다. 그리고 실적이 좋진 않아도 마음 따뜻한 선배들이 있는 팀에서 일했다. 처음으로 들어온 여자 직원이 안 돼보였던지 병보다는 약을 더 주셨다. 능

력에 비해 과분한 대우를 받은 나는 점점 비뚤어지기 시작했다. 내가 진짜 일을 잘하는 줄 착각했다. 끊임없이 의심하고 더 잘하기 위해 고민했어야 할 연차에 하던 대로만 했다. 일이 손에 익자 그나마 초반에 일을 배우며 바삐 굴리던 머리도 굳었다. 매너리즘에 빠지자 늘 하던 대로만 하며 붕 뜬 마음만큼만 일했다. 다른 업무를 하거나 팀이나 회사를 옮기는 것은 영 내키지 않았다. 귀찮았다는 말이 더 맞겠다.

이런 회사 없다는 것도 누구보다 잘 알았다. 하지만, 그러나, 그렇지만 나는 언젠가부터 떠나기를 갈망하고 있었다. 저녁이 있는 삶도 충분하지 않았다. 자영업을 하시는 부모님은 따박따박 월급 받는 직장인이 최고라며 날더러 배가 불렀다 했지만, 헐렁한 일과를 보내며 느슨한 어른으로 커가는 게 불안했다. 일보다 남에게 관심이 많아 입방아를 찧는 꼰대가 되고 싶지 않았다. 지금 하는 일이 짧게는 3년, 길게는 10년 후 아무 짝에도 쓸모없을 것 같아 두려웠다. 치열하게 살아도 부족한 젊음을 낭비하는 것 같았다. 회사 근처에 살기 위해 무리해서 비싼 집을 빌려 대출을 갚고 또다시 빚을 내어 큰 집으로 옮기고 싶지 않았다. 회사만 아니면 굳이 그 비싼 주거비용을 내며 살 필요가 없는데. 그런데도 나중에 태어날 아이의 대소사를 회사 일정 때문에 모두 함께 할 수 없어 매번 미안한 엄마가 되고 싶진 않았다. 세상에, 저녁이 있는 삶을 사는 사람도 이렇게 불만이 많았다.

각자 정신없이 일과를 보내고 돌아와 자려고 누워서야 남편과 대화를 나눌 수 있었던 어느 밤. 회사에 하루를 다 바쳐도 부자가 되진 못할 것 같으니 시간이라도 마음껏 쓰자고 작당모의를 했다. 지금이 아니면 바꿀 수 있는 시간은 영영 오지 않을 것 같으니. 거기에 더해 같은 회사에서 겪은 일을 풀어낸 문장을 읽고 확신을 가졌다.

일이 힘들어 회사를 그만두려고 했더니 동료들이 말렸
어요.
"원래 먹고살자고 하는 일은 힘든 게 당연한 거야. 대신 우
리 회사는 주 5일 근무에 정시 퇴근이니까, 취미생활하기
에 좋잖아?"
요즘으로 따지면 워라밸, 그러니까 워크 앤드 라이프 밸런
스에 유리한 직장이지요.
　– 김민식 『내 모든 습관은 여행에서 만들어졌다』(위즈덤하우스, 2019)

십여 년 전과 크게 달라진 게 없는 곳이었다. 그 당시 그들이 취해있던
'주 5일 근무'는 '5시 퇴근'이 됐을 뿐. 그마저 요즘엔 5시 퇴근하는 회사
도 많아 더 이상 내세울 장점이 되지 못한다. 어렵사리 들어간 회사였지
만 그 안에서 행복하지 않다면 하루를, 일주일을, 몇 달을 버텨낸다 생각
이 들면 매달 통장에 꽂히는 월급으로도 퉁을 칠 수 없었다. 다시는 오
지 않을 꽃 같은 시간에 버려야 할 만큼 중요한 일이란 건 없을 것이다.
절이 싫으면 중이 떠나면 된다.
그래서 중은 떠났습니다, 세계여행 하러.

불안해서 퇴사를
머뭇거리는 분들에게

나이가 들수록 시간이 중요하다. 그곳에 있는 시간이 아깝
다는 생각이 든 순간 단 하루도 더 버티기 싫었다. 버티는
시간은 무엇을 남길까. 나이가 들고 사회 경험이 쌓일수록
자신의 가치관에 반하는 회사로부터 등을 돌리는 결정과
판단은 빨라져야 한다. 그 이유는 한 가지, 우리의 시간은
소중하기 때문이다.

      – 안미영 『회사 그만두고 어떻게 보내셨어요?』 (종이섬, 2018)

"퇴사할 거야. 이번엔 진짜야."

술자리에서 하던 푸념이 아닌, 진지하게 퇴사를 고민한다고 하니 모
두가 물었다. 불안하지 않냐고. 거기에 잘 모르는 사람들은 한마디씩 덧
붙였다. 금수저냐고. 믿는 구석이 없었기에 당연히 불안했다. 퇴사와 불

26   퇴사 전보다
        불 안 하 지
        않 습 니 다

안은 떼려야 뗄 수 없는 사이다. 매달 들어오는 마약 같은 월급이 끊기면 습관적으로 하던 쇼핑, 깊이 고민하지 않고 영위하던 비싼 음식과 택시의 효용은 더 이상 쉽게 누릴 수 없다. 늘어난 씀씀이와 줄어든 수입 사이의 간극을 느낄 때마다 마음이 불편하다. 그래서 사표를 냈다가 후회할까봐, 더 못한 삶이 기다리고 있을까 걱정됐다. 회사 밖은 정말로 지옥일까 봐.

불안정과 불안의 사이

막상 나와 보니 불안과 안정을 단단히 오해했다는 걸 깨닫는 데 그리 오래 걸리지 않았다. 불안정하다고 필수불가결로 불안이 따라오는 건 아니었다. 월급의 부재는 의외로 괜찮았다. 월급은 없지만 퇴직금이 있었다. (물론 세계여행을 하며 진즉에 다 썼지만.)

내 의지대로 되는 게 없는 회사를 다니는 게 더 불안했다. 조직에 속하면 능동보다는 수동에 가깝다. 입사할 때부터 결원이 있는 팀으로 가지, 내가 선택하는 경우는 드물다. 상사를 선택할 수도 없다. 인사이동 소식이 들릴 때마다 가슴 졸여야 했고 혹여 원하지 않는 곳으로 이동될까 노심초사했다. 성장이 멈췄다고 생각될 때, 회사 일만 하다 이것 말고는 할 줄 아는 게 없는 '어른이'로 나이 들어가는 게 당장 월급이 끊기는 것보다 더 불안정하게 느껴졌다. 지금이야 나이가 어리고 상품성이 있겠지만 임신, 출산과 육아를 거치면서 점점 노동 시장에서의 상품 가치가 떨어지겠지. 언젠가 회사에서 내쳐질 텐데 언제 터질지 모르는 시한폭탄을 품고 사는 듯했다. 이 판에 머무는 것도 불안한 것투성이였다.

취업 준비생일 때는 회사에 들어가기만 하면 만사형통일 줄 알았건만, 언젠가부터 태어났으니 산다는 마음으로 회사를 다녔다. 요즘 어떠냐고 물어오는 말에 늘 '나쁘지 않다.'로 일관했다. 앞으로 몇십 년 더 이렇게 살고 싶진 않은데, 막상 박차고 나올 만큼 싫지도 않은 게 문제였다. 하루를 바쳐 일하며 받는 월급으로 부자는커녕 서울에 집 한 채 마련할 수 없을 것 같아 삶의 방식에 자주 의문이 들었다. 그렇게 오 년이 흘렀다. 설사 안정적인 직장이라 정년까지 일한들 그 끝에 무엇이 남아있을지 상상하면 마음이 무거워졌다. 그럼에도 다달이 월급을 준다는 이유로 회사를 다니는 게 안정적일까?

회사를 나와 보니 불안이 있던 자리엔 오늘의 행복과 내일에 대한 기대가 들어왔다. 나에게 주어진 자유 시간에 무얼 하며 재미있게 보낼까 궁리하다보니 불안할 시간이 없었다. 내 의지와 무관하게 움직이는 회사는 결코 안정적이지 않다. 게다가 평생 회사를 다닐 수도 없다. 아무리 정년이 보장된다 한들 길어야 환갑 즈음엔 나와야 한다. 회사 밖에서는 쓸모없는 능력치로 백세시대에 남은 사십 년은 어떻게 살 것인가. 재취업을 한다 해도 아무에게 환영받지 못하는 무거운 직급, 연봉, 나이로는 쉽지 않다. 앞으로는 적어도 세 개 이상의 직업을 가질 거라고들 한다. 그럼 한 살이라도 젊을 때 새로운 직업을 갖는 게 지금의 회사에서 버티는 것보다 안정적인 것 아닐까.

퇴사 전보다
불안하지
않습니다

Chapter1
퇴 사 를 31
하   다

내가 회사를 그만둔 결정적 이유

수만 가지의 다양한 제품을 취급하는 미국 회사였던 나의 첫 직장. 모든 제품을 개발할 수 없으니 인수합병으로 다양성을 유지해왔다. 이는 내가 속한 부서가 언제든 다른 회사로 합쳐질 수 있다는 뜻이기도 했다. 포트폴리오가 다양하면 회사 차원에서는 위험이 분산되어 좋을 수 있어도 종업원 입장에선 다르다. 그것도 미국 회사의 의사결정은 모두 본사 경영진 손에서 이루어지고 한국에는 통보가 되는 식이다. '10월 1일자로 이 제품을 담당하는 연구원 한 명, 영업 사원 두 명, 마케터 한 명은 B회사 직원이 됩니다.'라고 그냥 하루아침에 통보가 떨어진다.

A회사가 좋아서 입사했는데, 하루아침에 B회사 직원이 되는 상황이 하필 또 내가 속한 팀에서 한 번도 아니고 두 번이나 일어났다. 입사 후 딱 2년째 되던 무덥던 여름날, 마른하늘의 날벼락 같은 통보가 미국에서 내려왔다.

'C제품의 기술을 경쟁사인 B회사에 매각했다. C를 담당하던 직원 3명도 10월부로 A회사(원래 내 것)를 떠나 B회사(굴러들어온 돌, 날벼락)로 같이 세트로 떠나라. 사람도 같이 보내기로 한 게 매각조건이다.'

실제로는 이보다 완곡했지만 메시지는 같았다. 뼈 때리는 말을 부드럽게 표현해봤자 뼈가 아픈 건 똑같으니까. B의 연봉과 복지가 A보다 좋았다면 희소식이었을까? 그렇다 하더라도 종업원 몇만 명을 고용한 글로벌 대기업에서 이름도 생소한 국내 작은 회사로 하루아침에 소속이 바뀌는데, 어느 누가 달가워할까. 다행히도 몇 달간의 내부 조정 끝에 대상 직원들은 기존 조직에 남을 수 있게 됐다. 그 사건이 있고 2년 후, 또다시 우리 팀의 D제품(두 번째 날벼락)이 매각되었다. 이번엔 아쉽게도 담당하던 직원은 잔류하지 못했고 난데없는 이직을 하게 되었다.

일련의 사건으로 나는 아니라 다행이라는 안도감과 동시에 두 가지를 뼈저리게 느꼈다. 언제든 나도 대상이 될 수 있다는 불안감, 그리고 아무도 나를 지켜주지 않는다는 것. 사실 첫 번째 사건의 주인공인 C제품은 원래 내가 맡게 될 제품이었다. 입사 면접 때까지도 나를 C담당으로 염두하고 채용했는데, 막상 뽑고 나니 신입에게 맡기기엔 다소 어려운 제품이라 상사가 맡고, 나는 그의 제품을 담당하게 된 것이다. 그분은 한 순간의 선택으로 살벌한 인사이동의 대상자가 되었다. '네가 사는 그 집, 그 집이 내 것이었어야 해. 네가 타는 그 차, 그 차도 내 것이었어야 해.' 라는 노래 가사처럼 얼마나 그때를 후회하셨을까. 게다가 담당 직원들의 거취가 정해지지 않았을 때 상사들은 두 부류로 나뉘었다.

내가 결정한 것이 아니라 할 수 있는 게 없다며 모르쇠로 일관하던 사람들, 그래도 할 수 있는 데까지 해보자고 끝까지 그들을 놓지 않은 상사.

언제까지 후자의 상사분과 함께일 수 없으니 내 안위는 아무도 보장해줄 수 없다. 갖은 사내 행사와 워크샵으로 결집력을 강조하던 회사는 막상 잔인한 곳이었다. 간접적으로 안정성이 흔들리는 체험을 하자 퇴사 시나리오를 짜기 시작했다. 팀 페리스의 책 『4시간』을 읽다 불안감의 실체와 마주했다. 꼭 퇴사를 하지 않더라도, 당장 퇴사 혹은 해고를 당했을 때 생계를 위해 뭘 할 수 있을지 적어보는 것은 꽤 유용한 멘탈 트레이닝이었다.

5분도 채 되지 않아 '굶어 죽진 않겠다.'는 결론이 나왔다. 안정성 때문에 현재 회사를 다니지만 퇴사를 하고 싶은 분들, 단 5분만 내어 이 질문들에 답을 써보시길. 단, 생각에 그치는 게 아니라 종이든 컴퓨터든 어딘가에 꼭 써야 한다.

|질문1| 당신이 생각하는 일을 할 경우 일어날 수 있는 악몽 같은 상황, 즉 최악의 상황을 정의해보라.
|내 대답| 지금의 몇 안 되는 복지를 누릴 수 있는 회사로의 재취업 불가, 다시 월급의 노예가 되기 힘들어질 것 같음, 은행에 갚아야 할 돈, 잘 모르는 지인들의 수근거림… 이렇게 쓰고 나서 3초 만에 부끄러워졌다. 너무 별 게 아니어서.

|질문2| 일시적으로라도 손실을 복구하기 위해/상승세로 되돌려 놓기 위해 어떤 단계를 밟을 수 있을까?
|내 대답| 보험 영업, 서비스업종 취업, 과외, 아르바이트, 통번역 아르바이트, 취업 컨설팅 등 잡다하고 다양한 영역에서 돈을 모아 갚기, 다시 커리어를 쌓을 수 있게 재취업의 문 두드리기… 역시 3초 만에 '돈은 어떻게든 벌리겠네.'라는 결론에 도달했다.

|질문3| 만약 오늘 직장에서 해고된다면 생활의 안정을 위해 어떤 일을 하겠는가?
|내 대답| 구인 사이트 뒤지기, 단기 아르바이트부터 구하기, 부모님 일 돕기, 비싼 취미활동 접기

세 가지 질문에 답을 쓰고 나자 명확해졌다. 퇴사해도 괜찮겠다고. 큰 일 안 나겠다고.

그리고 퇴사하기 3개월 전, 또 한 번 예상치 못한 인사이동이 있었다. 이번 대상은 나였다. 좋은 기회라며 보직 이동에 대한 나의 의중을 물었지만 통보나 다름없었다. 이미 퇴사하고 한국을 떠나려고 전셋집도 내놓은 마당에 나의 대답은?

"저 두 달 후에 퇴사할 거라서 못 갑니다."

통쾌했다. 내 의지와 상관없는 수동적인 인사는 이제 안녕이다.

우리 회사는
안식년 없는데요

일산 마두역 버스정류장 옆 작은 가판대는 일확천금의 꿈, 로또를 향한 줄로 늘 문전성시다. 토요일 오후에는 과장 없이 족히 50명은 넘게 땡볕 아래 줄을 서는 진풍경이 펼쳐진다. 나는 팀원들에게 잘 보이려고 선물로 몇 번 사본 걸 제외하면 거의 복권을 사본 적이 없다.

복권에 당첨되면 제일 하고 싶은 게 무엇일까. 한 설문조사에 따르면 * 직장인의 66%가 매달 1회 이상 복권을 구매하고, 당첨금 20억 원으로 가장 하고 싶은 것 1위는 '부동산 구입·투자(57%)'가 차지했다. 대출 일절 없이 현금으로 내 집 마련의 꿈을 이룰 수 있다. (글을 쓰고 있는 2021년 2월 현 시세로는 로또 1등이 돼도 서울에 집 한 채 못 살 수도 있다. 전쟁 중에 자고 일어나면 어제 산 빵 값이 올라 오늘은 못 산다던 '하이퍼인플레이션' 시대에 살고 있는 기분이다.)

*일요서울, 신유진
기자, 2019.10.8

"내 집은커녕 전세나 월세로 살려고 해도 영혼까지 끌어 모아 대출을 받아야 한다."

"내가 대출이자만 아니었어도 이놈의 회사 진작 때려치웠을 텐데."

푸념하는 사람들을 짧은 사회생활 동안 많이도 봤다. 로또에 당첨된다면 귀신보다 무서운 대출이자를 갚느라 억지로 회사를 다닐 필요도 없어진다. 부당한 상사의 지시를 아까운 이자 때문에 억지로 하지 않아도 된다.

내게는 복권 당첨이 되면 가장 하고 싶은 건 세계 일주였다. 그것은 언젠가 아이들 다 키워놓고도 돈이 남으면 가볼까 했던, 인생 버킷리스트 중에서도 최상단에 있던 것이다. 현실을 직시하면 이대로는 불가능하다는 결론은 금방 나왔다. 남편과 둘이서 맞벌이를 하는데도 팍팍한데 언제 애들을 키우고 돈이 남아 세계여행을 간담? 무엇보다 현실 가능성이 제로였던 것이 나는 복권을 사지 않는 사람이었다. 되지도 않을 로또를 살 돈으로 확실한 행복, 떡볶이를 사 먹고 마는 사람이었기 때문이다. 사지 않으니 당첨 가능성은 제로였다.

여기 복권에 당첨되지는 않았지만, 퀴즈쇼에서 1등을 하고 상금 50만 유로를 받아 1년 동안 세계여행을 떠난 여자가 있다. 내 이야기면 참 좋겠지만 어떻게 생겼는지도 모르는 독일 여자 이야기다. 퀴즈쇼 「누가 백만장자가 될 것인가?」에 나와 상금을 받으면 뭘 하겠냐는 진행자의 질문에 "한 달에 한 도시씩 1년 동안 열두 개 도시를 여행하고 싶어요." 라고 말하자마자 몇 분 후 진짜 상금을 받아버린 그녀. 아무 고민 없이 홀가분하기만 할 것 같은데 놀랍게도 이렇게 고백한다.

"충격 속에서 알게 된 사실인데, 그건 바로 퀴즈쇼 상금을 타지 못했더라도 세계여행을 떠날 수 있었다는 거야. 언제든 마음만 먹으면 떠날 수 있었던 거지. 그건 내 생애 최고의 아하! 경험이었어."

– 마이케 빈네무트 『나는 떠났다 그리고 자유를 배웠다』 (북라이프, 2015)

로또 당첨이 안 돼도 세계여행을 할 수 있다니. 나 역시 충격을 받았다. 긴 여행을 하고 싶던 이유는 인생을 새로 고쳐보고 싶었기 때문이다. 서른 즈음이 키보드 F5자판을 누를 타이밍이라 생각했다. 여덟 살 때부터 학교에 들어간 이래 한 번도 그냥 쉬어본 적이 없었다. 고등학교를 졸업하면 또 다른 학교에 가야 했다. 외국에는 대학 진학 전 갭 이어(Gap year)*를 가지며 '해야 하는 일' 대신 '하고 싶은 일'을 위한 시간을 갖는다고 하던데. 대학교를 졸업하면 바로 회사에 들어가야 하는 줄 알았다. 쉼 없이 달려 회사에 오니 그 다음 판이 요원해졌다. 경주마처럼 눈 옆을 가리고 앞만 보고 달려오다 인생은 꼭 성취로만 이어지는 게 아님을 깨닫게 됐다. 안식년이라도 갖고 나면 바람 빠진 공기인형처럼 없던 의욕이 다시 빵빵해져 춤이라도 출 수 있을 것 같은데. 교수는커녕 안식월의 개념조차 없는 회사의 녹봉을 받는 직장인에게 안식년은 불가능했다.

*학업을 병행하거나 잠시 중단하고 봉사, 여행, 교육, 인턴, 창업 등의 다양한 활동을 직접 체험하고 이를 통해 향후 자신이 나아갈 방향을 설정하는 시간. 영국의 왕세자들도 갭 이어를 가졌다고.

"이 수업 이번에 왜 안 열렸지? 이거 들으려고 했는데."

"그 교수님 이번에 안식년이셔서 미국 가신대."

대학생 때 들으려던 수업이 없어져서 물어보다 알게 된 안식년은 심지어 성경에서부터 유래한다. 6년 동안 밭에 씨를 뿌리고 포도 순을 치되 7년째 되는 해는 야훼의 안식년이므로 그 땅을 묵히라 했단다. 몇천 년 전부터 심지어 땅에게도 쉴 시간을 주는데, 사람이라고 왜 쉬면 안 되는가.

1년 정도 쉬고 다시 돌아올 곳이 있다니 얼마나 좋을까. 이번 생에 교수는 글렀으니 나는 안식년을 갖긴 힘들겠구나. 가끔 몇 달이라도 유급 휴가를 주는 회사가 있다고 들려왔고, 주위에 심심치 않게 자기계발 휴가를 쓰고 쉬는 사람들도 있었다. 하지만 이 호사를 누릴 수 있는 사람은 극소수. 나는 아니었다. 휴직을 신청해볼까? 애도 없는데 무슨 수로 휴직을 한담. 그럼 병가를 낼까? 감기도 잘 안 걸리는데 병가를 어떻게 쓰지? 퇴사밖에 길이 없었다. 그냥 그 좋은 안식년, 회사가 안 주면 내가 쟁취해야겠다.

쉬기로 마음먹으니 책을 읽어도 내 호기를 뒷받침해줄 멋진 구절이 마구 나타났다. 7년간 50개국을 여행하며 쓴 책 『내가 혼자 여행하는 이유』로 베스트셀러 작가가 된 카트린 지타는 책 속에서 '인생을 변화시키는 7년 주기 여행법'을 언급했다. 오스트리아 인지학의 대가인 루돌프 슈타이너 박사에 의하면 7년 단위로 우리 몸의 세포가 완전히 바뀌고 정신 역시 새로워진다고. 7년마다 삶을 변화시킬 수 있는 멋진 기회가 찾아오기에 각 시기에 적절한 장소에 있는 것이 중요하다고 했다. 이 시점에 내가 있어야 할 곳은 회사가 아니었다. 매일 아침부터 저녁까

지 같은 사람들과 부대끼며 좁아지는 우물이 아닌, 더 넓은 우물 밖 세상에 나를 두어야 했다.

갭 이어 후에 교수처럼 돌아갈 학교도, 받아줄 회사도 없지만 일 년 이상의 공백은 걱정하는 것만큼 심각한 결과를 초래하지 않는다. 생각보다 거창한 준비도 필요 없었다. 현실적으로 계산한 생활비와 잠시 멈춰도 불안해하지 않을 마음을 먹는 것이면 된다. 경제적인 문제는 의외로 괜찮았다. 5년 이상을 일한 각자 앞으로 적지 않은 퇴직금이 있었다. 직급이 낮아서인지 퇴직금을 수령하며 떼이는 세금도 예상보다 적었다. 돈에 쪼들려 원치 않는 재취업의 길을 막기 위해 틈나는 대로 돈도 모았다. 거기에 신혼집 전세금도 있었으니 여차하면 그 돈을 까먹으면 됐다. 물론 소득 없이 소비만 하는 생활이 가끔 버거운 적도 있었다. 특히 일 년 반을 해외에 나가있으니 돈을 까먹는 속도에 가속이 붙었다. 그래도 괜찮았다. 그럴 줄 알고 돈을 모아뒀으니까.

가장 큰 걱정은 당장 끊길 월급이 아닌 돌아올 자리의 부재였다. 긴 세계여행 이후 커리어가 끝날까봐 두려웠다. 삼십대 기혼 여성은 임신 가능성 때문에 발목이 잡혀 재취업이 불가능할 줄 알았다. (여행이 끝나고 여행자 동지들이 문제없이 재취업하는 걸 보니 역시 기우였다. 마음만 먹으면 얼마든지 다시 일을 할 수 있었다. 누가 말해주었더라면 떠나기 전 오랫동안 안절부절못하진 않았을 텐데 말이다.) 어느 순간 뭔가 잘못됐다는 생각이 들었다. 더 재밌고 덜 불안한 새로운 삶을 모색하기 위해 떠나면서 다시 원래의 자리로 돌아갈 걱정을 하는 건 모순이었다. 질문의 오류를 깨닫자 홀가분해졌다.

'회사원'이라는 자아를 과감히 내려놓자 이후는 일사천리였다. 2년간 살던 전세 집을 나오고 그간 쓰던 살림살이는 친정집으로 옮겼다. 60리터 배낭을 사고 모기약이나 소형 드라이기를 챙기는 것 말고는 딱히 준비가 필요하지 않았다. 그렇게 우리 부부는 누구도 주지 않던 안식년을 직접 만들어 세계여행을 떠났다. 아프리카 여행 중 진짜 안식년 중인 독일인 교사 제니퍼를 만났다. 이번이 벌써 두 번째 안식년이라는 그녀는 처음에는 중남미, 이번엔 아프리카와 아시아를 여행했다. 첫 여행에서 결혼 직전까지 갔던 브라질 남자친구를 만났다더니, 우리와 헤어지고 짐바브웨 여행을 하던 그녀는 또 한 번 불같은 연애를 시작했다. 아프리카를 함께 종단하고 남은 여행은 혼자 떠나버린 그녀. 안식년을 이렇게도 야무지게 쓰는 실제 인물을 만나보니 엄마 말 듣고 교사로 진로를 정했어야… 아니, 교사가 됐다면 남편을 못 만났을 테니 지난 선택이 별로 아쉽지는 않다.

내 안의 두려움만 다스릴 수 있다면 제니퍼가 아니어도, 교사가 아니어도, 혹은 안식휴가를 주는 회사를 다니지 않아도 안식년을 가질 수 있다. 잠시 쉬어가도 괜찮다는 확신만 있다면.

2년의
퇴사준비

점쟁이도 못 맞춘 퇴사와 세계여행

　퇴사는 하고 싶은데 여전히 용기를 내지 못하던 날들. 카운슬러 조언을 구하러 다녔다. 외국인들이 정신과를 주기적으로 찾아가 심리상담을 받듯이 나는 '한국식 카운슬러' 점집에 자주 드나들었다. 내 인생에 대해 점술가들은 각기 다양한 해석을 내놓으셨다. 지금 돌이켜보면 그 돈으로 그냥 적금이나 들었다면 좋았을 텐데. 지루한 영화의 결말을 빨리 알고 싶어 (유료) 스포일러를 찾아다녔다. 내 인생을 스포당하고 싶었다.

　"(무당님,) 그래서 저는 어떻게 되나요? 이직을 하는 게 좋은가요? 회사를 그만두고 공부를 하는 게 나은가요? 저는 언제 결혼을 하면 좋나요? 미래의 남편은 좋은 사람인가요? 애는 몇이나 낳게 될까요? 아들인가요, 딸인가요?"

　실로 점입가경인데 실제 점집에서 오고 가는 대화들이었다.

점집을 경험해보지 못한 분을 위해 잠시 부연설명을 하자면, 자리에 가부좌를 틀고 앉아 (가끔 포스에 눌려 무릎을 꿇어야 할 것 같을 때도 있지만 대체로 평범한 용모다.) 그분께 생년월일과 이름을 댄다. 태어난 시간도 알면 좋지만 점 보러 다녀온 걸 엄마한테 들킬까봐 차마 묻지 못해 시는 생략한다. 책상에 쌀을 뿌리기도 하고, 수험생처럼 노트에 무언가를 꼼꼼하게 써 내려가는 분도 있다. 무릎이 닿기도 전에 점괘를 읊는 분은 아직까지 만나보지 못했다.

보통 과거와 현재의 영역은 신통하게 잘 맞는 편이다. 문제는 대망의 미래 영역이다. 보통은 고개가 갸우뚱해지는 다분히 논란의 여지가 있는 결말로 치닫는다. 예를 들면 파주의 한 무속인은 내게 고부갈등 때문에 이혼할 수가 있다고 했다. 그 당시엔 남자친구도 없어 시어머니가 누가 될지도 모르는 상태였다. (참고로 나의 시어머니는 그 어느 분보다 나에게 다정하고 딸처럼 대해 주신다.) 논현동에 있는 어느 무속인은 애매한 화법으로 나의 불안감을 조장하더니 결국은 부적 구입을 권하셨다. 나비 부적을 써주겠다고 하셨다. 선생님, 제가 그 정도로 사리분별을 못하지는 않습니다.

카운슬러를 만나고 오면 마음이 정리되기보단 더 어지러워졌다. 점괘를 많이 보다 보니 자연스레 내가 듣고 싶어 하는 말을 해주면 용한 곳, 듣기 싫은 말을 하면 못 맞추는 곳이 됐다. 인생에 크게 도움이 되지 않는 것이었다. '답은 정해져 있는데 무당님이 맞춰보세요.'도 아니고, 내 돈 내고 이게 뭐하는 짓인가 정신이 바짝 들었다.

점집을 끊고 이번엔 명상을 시도했다. 그 당시 비슷하게 마음의 전쟁을 치르던 친구와 함께 불같은 토요일을 반납하고 부암동 근처에 있던

퇴사 전보다
불안하지
않습니다

절에 들어갔다. 하룻밤을 자고 새벽에 겨우 일어나 108배도 했다. 그러나 번뇌가 사라지기보다는 절에서 먹은 절편 떡볶이와 국수만이 기억에 남았다. 소문난 떡볶이 맛집보다 보살님의 손맛이 훨씬 맛있었다. (지금도 가끔 생각난다.) 가벼워지려 온 템플스테이에서 떡볶이를 두세 번 더 가져다 먹으며 잔뜩 무거워져 속세로 내려왔다.

점집과 명상보다 확실한 조언이 필요했다. 퇴사하고 세계여행을 다녀온 선배들을 찾아 만나기 시작했다. 강연을 듣고 연락처를 교환하고 따로 만나거나 SNS를 보고 무작정 연락드리기도 했다. 첫 번째 만남부터 갭 이어를 가져도 괜찮다는 확신이 생겼다. 그들 모두 여행 초반에 계획한 삶과는 다른 삶을 살고 있었다. 창업을 하거나 원래 다니던 회사나 새로운 회사로 재취업 혹은 프리랜서로 지내는 등 다양한 길을 걷고 있었다. 그냥 논 게 아니라 우리 안에 '무언가 쌓인 것'이기 때문에 여행 후의 삶을 크게 걱정하지 않아도 된다고 했다.

불가능한 일에 나를 시험해보자

부지불식간에 정신이 들었다. 나를 모르는 사람들의 말에 의지해 내 인생을 맡기기에 나는 너무 어렸고 가능성이 많았다. 지금 하고 있는 일이 오래 하고 싶을 만큼 애정이 가지 않는다면 그만두는 게 맞다. 특정 사람과 교류할 때마다 부정적인 기운이 느껴진다면, 오랜 친구여도 점점 통하는 지점이 줄어든다면, 그 관계는 마치는 편이 좋다. 역시 뭐든 질릴 때까지 해봐야 한다고, 나도 모르는 사이에 점집을 찾지 않게 되었다.

마지막 한 가지, 바닥까지 내려온 능력에 대한 자신감을 시험해 볼 일만 남았다. 과연 내가 다른 일을 할 수 있는 능력이 있는 사람인지 알고 싶었다. 언제든 다른 일을 할 수 있다는 자신감이 있어야 퇴사든 이직이든 뭐든 할 수 있으니.

그때 눈에 들어온 게 있었으니 늘 보고 넘겼던 사내 공모전이었다. 입사지원서 '입사 후 포부' 문항에 쓸 말이 없어 '사내 마케팅 프로그램에서 1등을 하겠습니다.'라 써놓고 막상 입사와 함께 잊은 꿈이었다. 예선으로 한국 지사에서 올해의 프로그램을 선정하고, 수상작은 플레이오프 격인 아시아 직원들과 겨룬다. 여기서도 통과하면 전 세계에서 올라온 직원들과 붙는다. 승자는 본사에서 열리는 시상식에 참가 후 휴양지에서 일주일간 호의호식한다. 상금과 글로벌 직원들의 인정과 함께.

딱 봐도 지원하는 데 의의를 둘 만한 꿈같은 일이었다. 보통 마케팅 비용을 많이 집행할 수 있는 소비재 팀에서 좋은 프로그램이 나올 확률이 높았다. 내가 속한 곳은 수상자를 한 번도 배출해낸 적이 없거니와 대관 영업이 주여서 할당된 광고비와 매출이 높은 팀도 아니었다. 조심스레 올해 공모전에 출품하고 싶다는 의사를 밝혔다. 역시나 돌아온 건 떨어졌던 분들의 부정적인 반응이었다.

"매출이 몇십 억은 기본적으로 나와 줘야 지원할 수 있어. 게다가 우리 팀 비즈니스로는 쉽지 않을 걸?"

예상했던 반응이었다.

'모두가 봐도 불가능해 보이는 여기에 한 번 나를 시험해보자. 만약 여기서 1등을 하면 난 뭘 해도 된다.'는 근거 없는 주문을 불어넣으며 무모한 도전이 시작됐다.

업무 시간에는 도통 짬이 나지 않아 금요일 저녁과 주말에도 사무실에 남아 무에서 유를 만들어냈다. 그렇게 아무도 기대하지 않았던, 영혼까지 끌어 모아도 10억이 채 안 되는 프로그램으로 지원했다. 누가 봐도 승산 없는 게임이었다. 여기서 결과를 낸다면 나는 퇴사를 해도 괜찮다는, 무슨 일을 해도 잘할 수 있을 거라는 확신이 있었다.

운이 좋았고 감사하게도 노력이 배신당하지 않았다. 한국 경연에서 1등을 했고, 3백만 원의 상금으로 팀원들과 맛있는 밥을 사 먹었고 이곳저곳에 쏘며 다 써버렸다. 아시아 경연에서도 뽑혀 본사 결승까지 올라갔다. 결국 최종에선 떨어져 미국 휴양지는 못 갔지만 괜찮았다. 5년의 사회생활을 통틀어 가장 통쾌했던 순간이었다. '나는 이 일밖에 못해. 이제 바보가 돼 버려서 할 줄 아는 게 없어. 여기 나가면 내 인생은 끝장이야.' 따위의 패배 의식에 절어 현실에 안주하며 갉아먹은 자신감이 완전히 충전됐다. 나만 아는 근거 없는 자신감이었다. 이런 건 점집에서도 알려주지 않은 것이었다.

퇴사하고 뭘 해야 할지 자신이 없다면 지금 자리에서 버티는 게 낫다. 굶어 죽지는 않겠다는 자신이 조금이라도 있어야 나왔을 때 덜 불안하다. 우물 안에서 사는 개구리처럼 바닥까지 치고 내려간 자신감을 되찾고 퇴사를 마음을 먹는 데만 2년이 넘게 걸렸다. 지금 있는 우물을 나와서 죽이 되든 밥이 되든 쌀로 남아있는 것보다는 낫다는 사실은 내가 몸소 겪어봐야만 알 수 있다. 점쟁이도 알려주지 않는다. 그들도 우리가 죽이 될지 막걸리가 될지 모른다. 108배를 해봐도 모른다. 그러니 퇴사를 하고 싶다면 조금은 불편할지라도 안전지대에서 발가락만이라도 빼 봐야 한다.

근거 있는 자신감 덕분에 퇴사한 지 2년이 넘었지만 크게 불안하지 않다. 내일 뭘 하고 있을지 확신할 수 없는 미래가 걱정보다는 기대가 되는 건 내가 손에 쥐고 있는 것을 내려놓아도 큰일이 나지 않는다는 내 안의 확신 때문이다. 퇴사하고 가장 좋은 점 하나를 꼽으라면 명함이 없어도 굶어 죽지 않는다는 사실을 몸소 알게 된 것이다.

숱한 곳에서 점괘를 봤지만, 단 한 명도 내가 회사를 나온다는 것과 세계여행을 간다는 걸 맞추긴커녕 언급조차 하지 않았다. 그러니 점은 재미로만 가볍게 보고 나를 더 믿어보자. 지금 내가 가지고 있는 것들을 놓아줄 때 신세계가 펼쳐진다. 나를 잘 모르는 남의 이야기에 휘둘리지 말자. 나는 그 누구도 아닌 내가 믿어줘야 한다.

퇴사 보험을
들어요

제발 티켓이나 사고 오렴

아프리카를 여행하던 때 21명의 친구들과 트럭을 개조한 차를 함께 타고 20일 동안 5,400km 이상을 달렸다. 매일 이동하는 게 일이던 날이었다. 드라마를 보면 딱이었지만, 나미비아와 보츠와나는 3G는커녕 전파 신호조차 잡히지 않는 근래에 보기 드문 외진 곳이었다. 자도 자도 끝나지 않는 이동 시간에 친구들은 책을 읽었다. 비포장도로에 진입해 책이 눈에서 벗어나 멀미를 유발할 때면 서로 무슨 책을 읽는지 감상을 나누었다. 스페인어, 한국어, 독일어 등 언어가 다 달라 함께 읽지 못하는 게 아쉬웠다. 딱 한 권 예외가 있었다. 미국에서 온 스물셋의 에밀리가 들고 있던 영어로 쓰인 『먹고 기도하고 사랑하라』.

에밀리가 여행 중 중고 서점에서 샀다는 베스트셀러를 독일인 제니퍼, 이탈리아인 라우라, 한국인 새미까지 돌아가며 읽었다. 퇴사를 하고 여

행을 떠나기 전까지 보며 대사를 곱씹었던 이야기를 길 위에서 다시 보는 건 꽤나 새로웠다. 동명의 영화에서 줄리아 로버츠가 분한 리즈가 [*] 이혼 후 새로운 연애도 실패하자 비행기 표 세 장을 사서 뉴욕생활을 정리하고 떠난다. 로마에 가서 이탈리아어를 배우며 피자를 먹고, 전 남자 친구가 따르던 구루(영적 지도자)를 만나러 인도 아쉬람에 간다. 하필 그 구루는 그녀가 떠나온 뉴욕으로 출장을 가버린 아이러니. 하는 수 없이 구루 없이 묵언 수행까지 마친 그녀는 마지막으로 발리에 간다. 이곳에서 운명의 짝을 만난다. 그녀가 뉴욕을 떠나기 전 이렇게 독백하는 장면이 나온다.

> *실제 작가인 엘리자베스 길버트의 실화라는 걸 듣고 울림이 더 컸다.

"Dear saint, please, please, please let me win the lottery."
(하느님, 제발, 제발, 제발 복권에 당첨되게 해 주세요.)

매일같이 찾아와 복권 당첨을 기도하는 인간에게 하느님이 참다 참다 이렇게 말한다.

"My son, please, please, please buy a ticket." (아들아, 제발, 제발, 제발 복권이나 사고 오렴.)

신이 소원을 들어주고 싶어도 복권조차 사지 않았으니 뭘 할 수 있겠는가. 티켓이 없으면 신조차 어찌할 수 없는 영역에 있는 거다. 이탈리아, 인도, 발리, 세 장의 티켓을 통해 인생의 새 국면과 새로운 사랑을 얻은 그녀. 역시 티켓을 사야 뭐든 된다(?)는 진한 여운을 남겼다.

보험 중에 찐, 퇴사 보험

퇴사는 하고 싶고 세계여행도 가고 싶은데 다녀와서 뭐할지는 모르겠던 날들이 있었다. 친구들을 붙잡고 메신저로, 만나서도 징징거렸다. 인생 참 답 없다, 회사원이 답은 아닌 것 같은데 디자인이나 개발 같은 기술도 없는 내가 이 긴 인생 뭐 해먹고 살아야 할까, 마구 푸념했다. 결국에는 답이 없는 게 인생이라며 스트레스를 풀답시고 맛집을 가고 비싼 술을 마시며 월급을 탕진했다. 다음날 일어나면 남은 건 카드 값과 친구들과의 돈독해진 우정이었다. 영화 속에 내가 들어갔다면 이랬을 거다.

"하느님, 제발, 제발, 제발, 회사원 말고 돈을 벌 수 있는 다른 직업을 알려주세요."

참다 참다 하느님은 이렇게 말했을 거고.

"중생이여, 제발, 제발, 제발 퇴사를 하든 부업을 하든 뭐든 시작이나 해보고 와라!"

안개 속을 걷는 듯 막연하고 불만족스럽던 날에 나 또한 리즈가 이탈리아 행 티켓을 산 것처럼 불현듯 결심이 들었다. 그런데 비행기 표가 아닌 요가원에서 티켓을 샀다. '감히 내가'라며 꿈도 꾸지 않았던 요가 지도자 과정을 결제한 것이다.

그저 회사에서 오래 앉아 있느라 생긴 근육통을 없애고 스트레스를 풀기 위해 열과 성을 다해 다녔을 뿐이었다. 짧고 굵은 내가 요가 강사가 될 수 있을 거라곤 꿈도 꾸지 않았다. 그런데 요가가 너무 좋았다. 이 좋은 걸 주위에도 알려주고 싶고, 좋아하는 걸로 돈까지 벌면 그야말로 내가 찾던 덕업일치가 아닐까 싶었다. 때마침 내가 믿고 따르던 선생님이 지도자 과정을 밟아보는 게 어떻겠냐고 꼬드겨주었다. 삼백만 원의 지도자 과정을 일시불로 완납했다. 암 보험을 꼬박꼬박 납입하듯 퇴사 보험에 가입한 셈 쳤다. 걸릴지 안 걸릴지 모르는 암 보험도 20년이나 매달 몇만 원씩 넣는데, 나를 위한 보험쯤이야.

퇴사하기 6개월 전부터 매주 토요일을 할애했다. 돈만 내면 끝이 아니라 몸을 쓰고 시험을 통과하기 위해 머리도 써야 했지만 즐거웠다. 오랜만에 학생으로 돌아간 듯 이론과 티칭 멘트를 달달 외웠다. 6개월 후 나는 컴퓨터 활용능력 이후 오랜만에 자격증을 취득했다. 나의 퇴사 보험은 취업용 스펙을 위해 어쩔 수 없이 땄던 자격증들보다 훨씬 값지고 유용했다.

요가 자격증이 실비 보험 같은 쓸모 있는 보험이 될 거란 확신이 왔다. 요가는 부동의 마니아층이 있고 신규 수요자도 많다. 그만큼 강사 공급도 많지만 회사를 나와 당장 할 수 있는 일이라는 매력이 있다. 요가 강사도 나름의 고충이 있고, 수업 앞뒤로 할애하는 시간과 수업 준비 시간까지 합치면 최저 시급 수준이지만, 직업 선택지가 하나 생기는 것은 생각보다 더 든든하다.

보험 특약사항으로 말할 것 같으면 여행을 마치고 한국에 돌아와 생계 때문에 어쩔 수 없이 회사로 돌아가지 않을 시간을 준다. 요가 강사는 이미 레드 오션이지만 파도가 끊이지 않는 마르지 않는 바다여서, 나 같은 초보지도 가르칠 수 있는 환경이 조성돼있다. 진입장벽이 낮기에 쉽게 수업을 시작할 수 있다. 퇴사 보험을 든든하게 가입해두고 떠난 여행은 통장 잔고가 바닥을 보일 때도 나름의 평정심을 유지할 수 있게 해주었다. 심지어 태국 여행을 하며 다니던 요가원에서는 자격증이 있다는 소리를 듣고 바로 일자리를 제안하기도 했다. 그 어떤 보험보다 투자 대비 수익률이 좋았다.

퇴사 보험으로 요가 지도자 자격증만 있는 건 아니다. 영상 제작, 사

진 촬영, 이모티콘을 그리거나 웹소설을 쓸 수도 있고, 온라인에서 물건을 팔며 버는 수익 등 내가 좋아하는 일로 만든 사이드 잡(side job)은 뭐든 보험이 될 수 있다. 나보다 두 달 먼저 퇴사한 남편은 정부에서 지원해주는 '내일배움카드'로 사진과 영상 편집 기술을 배웠다. 그때 배워둔 기술 덕분에 수만 명의 구독자를 보유한 유튜브 크리에이터가 되었다.

우리는 종종 간단한 진리를 망각하곤 한다. 로또를 사야 토요일 저녁에 당첨자가 될 수 있는 확률이 생기는 거다. 이번 주 로또도 안 샀으면서 당첨돼서 퇴사하고 싶다고 백날 말해봐야 신은 코웃음만 친다. 퇴사하고 싶고 세계여행을 다녀와서도 생계가 불안하지 않길 바란다면 뭐든 해봐야 하는 거다. 그게 요가든, 유튜브든, 장사든.

정작 원하는 것을 위한 기본적인 노력도 안 하는 게 복권도 안 사고 당첨을 바라는 심보와 뭐가 다르냐는 사실을 자주 까먹는 나는 지금 노트북을 켜고 글을 쓰고 있다. 여행을 다녀와도 여전히 회사에 가기 싫으니 하나라도 더 씨를 뿌려야 한다. 글을 써야 책이 나올 가능성이라도 생기니까. 그러니 로또에 당첨돼 퇴사하는 게 꿈이라면 지금 이 글을 읽자마자 로또를 사러 가야 한다. 퇴사하고 싶은 마음과 비례해 보험을 위한 정성을 들여야 한다.

덧, 여행을 마치고 한국으로 돌아와 요가 강사로 구직하지 않았다. 그럼에도 자격증과 요가 여행의 경험 덕에 관련 사업 기획 기회가 주어졌고 내가 원하는 공간에서 하고 싶을 때만 요가 수업을 열어 가르친다. 원금을 회수하고도 남은 작고 소중한 자격증은 비빌 구석 같다는 생각이 드는 것만은 사실이다. 매트 위에 설 때마다 마음이 넉넉해진다.

부모님을 어떻게
설득해야 할지 모르겠어요

'방탄소년단 뮤직비디오를 본 해외 팬 반응', '김연아 선수 금메달에 대한 일본의 반응', '영화 「기생충」 해외 반응.'

다른 이의 눈을 유독 의식하는 우리 한국인들은 남이 어떻게 생각하는지 참 궁금하다. 글로벌 시대에 발맞춰 특히 외국 사람의 반응을 알고 싶어 한다. 손흥민 선수가 골만 하나 넣어도 외신의 반응과 더불어 해외 팬의 반응까지 연관 동영상으로 줄줄이 나온다. 진짜 멋지게 넣었네, 정도의 가벼운 감상이면 충분한데 남이 어떻게 생각하는지 궁금하다. 한국이 싫어서 탈조선을 꿈꾼다 해도 매체에서 해외 반응을 볼 땐 간혹 애국심에 차오르기도 한다.

생판 모르는 남에 대한 반응도 궁금해 하는 판국에 퇴사를 하고 세계여행을 떠난다고 하니 많은 이는 부모님들의 반응을 궁금해 했다. 특히 친구 부모님들이 무척이나 궁금해 하셨다.

"이제 결혼하고 아이를 가질 차례인데 퇴사를 하고 여행을 떠난다고? 갔다 와서는 뭐한대니? 새미네 부모님은 뭐라고 하셨다니?"라며 친구들에게 물으셨다고.

그 새미네 부모님은 예상대로 노발대발하셨다. 전형적으로 보수적인 경상도 출신의 부모님은 자영업을 하시며 늘 이렇게 말씀하곤 하셨다.

"회사원이 최고다. 주말에 일도 안 하는데 월급도 따박따박 나오지, 공휴일에도 다 쉬지, 게다가 휴가까지 돈을 주는 데가 얼마나 좋은 줄 아니? 군말하지 말고 다녀."

평소의 기조를 잘 알기에 쉽사리 퇴사하고 여행을 다녀오겠다는 말이 나오지 않았다.

'부모님께 여행 갈 거라고 어떻게 말해야 할지 모르겠어요.'

여행자 커뮤니티에 고민상담 글이 올라왔다. 부모님이 어떤 반응을 보이실지 두려워서 말을 꺼낼 엄두가 나지 않는다고. 남 일 같지 않았다. 놀랍게도 댓글엔 같은 고민을 해온 사람들이 많았다. 이야기를 꺼냈더니 부모님과 갈등이 생겨 명절에도 못 만난 사연부터, 결국은 솔직하게 말하지 못하고 해외에 일하러 간다고, 혹은 외국에 있는 친구 집에서 지낼 거라고 하고 나오는 등 각양각색의 사연이 댓글로 달렸다. 부모님들은 공통적으로 위험할까 걱정되는 마음에 반대를 하셨다.

결국엔 반대가 응원으로 바뀌었다는 댓글을 읽으며 기시감을 느꼈다. 우리 이야기이기도 했다. 다 큰 성인인 데다 우리가 앞으로 더 잘 살자고 떠나겠다는 건데 꼭 부모님의 허락을 받아야 하는 건 아니었다. 나를 만들어준 감사한 분들이지만 살아내는 건 내 몫이다. 그래도 이왕이면 사랑하는 사람들에게 응원을 받고 싶었다. 나는 부모님의 자랑이었

퇴사 전보다
불안하지
않습니다

고, 크면서 의지를 반한 적 없는 말 잘 듣는 딸이었다. 엄마가 자랑하기 좋은 '엄친딸'이 되고 싶어 좋은 대학, 번듯한 명함을 위해 노력했던 것도 사실이었다.

장난삼아 퇴사의 'ㅌ'자만 꺼내도 쓸데없는 생각하지 말라며 대화를 원천 봉쇄하셨다. 정공법은 쉽지 않겠다는 직감이 왔다. 남동생 카드를 써서 측면 돌파를 시도해 보기로 했다. 그를 음식점으로 불러내어 정신없이 배에 기름칠을 칠해주며 내 편으로 포섭했다. 네가 같이 사니까 엄마 기분 좋아 보일 때마다 툭툭 흘려봐라. "누나가 퇴사를 하고 조금 길게 여행을 가고 싶어 하는 것 같던데~" 하면서 자연스럽게 아빠 귀까지 흘러갈 수 있도록 치고 빠져봐라. 잘하면 다음엔 양꼬치를 사주겠다는 공약에 그는 쉽게 넘어왔다.

동생이 몇 달간 활약을 했을 거라 믿고, 1차 대상인 엄마에게 쭈뼛거리며 이야기를 꺼냈다. 솔직히 엄마는 걱정하지 않았다. 바로 찬성하실 줄 알았다. 그런데 예상보다 부정적인 반응이 돌아왔다.

"남들처럼 그냥 돈 모아서 집 사고 아기 낳고 키우면서 그렇게 살면 안 되니? 남들처럼 평범하게 살면 안 될까?"

믿었던 도끼조차 걱정 섞인 만류를 하며 발등을 찍으셨다.

2차 공격(아빠)에는 좀 더 시간이 필요하겠다 싶었다. 그 사이 남편도 시부모님에게 정공법으로 나갔다. 두 분 역시 예상한 대로 걱정하셨다. 이대로 가다가는 패색이 짙어 보였다. 새로운 작전이 필요했다.

세계여행자 선배인 '제제미미' 부부가 부모님께 고기와 술을 대접한 후 세계 경제전망까지 언급하며 발표를 했다는 조언이 떠올랐다. 학생 때 질리도록 발표 과제를 했던 기억을 살려 프레젠테이션을 준비했다.

경제전망까지 싣진 못했지만, 심금을 울리기 위해 세계여행을 결심하게 했던 책 속 구절까지 딴 발표 자료도 칼라인쇄로 2부 출력했다.

대망의 그날이 밝았다. 출국 다섯 달 전, 어버이날을 기념하여 네 분을 파주의 어느 한정식집으로 초대했다. 세종대왕이 아닌 신사임당으로 준비한 스페셜 에디션, 직접 만든 용돈 꽃바구니도 안겨드리는 치밀함까지 발휘했다. 매도 먼저 맞으라고, 음식이 나오기 전 발표를 시작했다. 회사 임원들 앞에서 했던 발표 다음으로 떨리던 발표였다. 부모님들은 이 황당한 상황에 기가 차다는 듯이 웃으며 들으셨다. 얼핏 본 아빠의 표정은 좋지 않았다.

7분간의 발표가 끝나고 질의응답 시간이 되었다. 굳은 아빠 표정에 긴장하며 질의응답을 기다렸다. 이때 어색한 공기를 뚫고 아버님이 포문을 여셨다.

"저는 솔직히 아이들 결정에 찬성합니다. 지금은 우리가 일하던 시대에서 바뀌었으니 저희가 못 해본 경험을 하는 건 아이들에게 좋은 시간이 될 거라 생각합니다."

우리조차 놀란 아버님의 예상치 못한 반응에 아빠는 완전히 전의를 상실했다. 두 어머니들 역시 '다녀와서 어떻게 먹고살지'에 대해 우려를 비치셨으나 찬성표를 던지셨다. 마지못한 아빠는 마지막 발언을 하셨다.

"저는 오늘 나오면서 사돈과 합세해 애들 여행 못 가게 말리려고 나왔는데 말이죠, 허허. 제가 안 그래도 걱정이 돼서 친구들한테 하소연을 했어요. 그랬더니 한 친구가 이럽디다. 지들이 다 자신이 있으니 떠난다고 하는 거지, 자신 없는 애들은 나가라고 해도 못 나간다고요. 그래서

저도 찬성하겠습니다.”

아빠 역시 내 말을 오른 귀로 듣고 왼 귀로 흘리는 것 같아 보였어도 마음속에는 불이 나셨던 거다. 내가 그랬듯 친구들에게 고민 상담까지 하셨을 줄이야. 귀여운 우리 아빠. 이렇게 만장일치로 부모님들의 찬성을 얻어냈다. 실로 성공적인 프레젠테이션이 아닐 수 없었다. 나중에 그들은 ‘5.7 파주 사건’을 회상하며 어버이날 최고의 불효를 저질렀다고 평하셨다.

부모님의 산을 넘었으니 이제는 대항해 시대만이 남았다. 다음 차례는 회사였다. 부모님만큼은 아니어도 젊은 직원보다 40대 이상 남자 직원이 더 많은 조직이었다. ‘여기만한 데 없다고’ 철없다는 훈계를 들을 각오를 했다.

퇴직서에는 퇴사 사유에 솔직하게 '세계여행' 네 글자를 썼다. 그런데 생각지 못한 대답이 돌아왔다.

"나는 못 해봤으니 너라도 멋지게 살았으면 좋겠다."

"그런 용기는 어디서 났냐?"

예상외의 훈훈한 반응이었다. 회사 반응을 보며 확실히 시대가 많이 바뀌었음을 체감했다.

그렇게 많은 이들의 우려 섞인 응원을 받으며 세계 구석구석을 누비고 다녔다. 길 위에서 참 다양한 친구들을 만났다. 친해진 외국인들에게 퇴사하고 세계여행을 떠났다고 얘기하면 그들의 반응 역시 뜨거웠다. 매사에 쿨할 것 같은 서양인들도 막상 내려놓고 떠나긴 쉽지 않은 듯했다. 단, 해외 반응의 특징은 '여행 후의 삶'에 대해 걱정보다는 '여행하는 현재'를 응원하는 비중이 높다는 것.

아프리카에서 20일 동안 트럭을 타고 캠핑을 했었다. 21명의 멤버 중에는 특히 비슷한 나이 또래가 많았다. 로스쿨을 졸업하고 로펌에서 일하기 전 여행을 온 미국인, IT 개발자로 일하며 사내 연애 중인 스페인 커플, 카메룬에서 파리로 이주해 금융회사에서 일하는 친구, 수학과를 졸업하고 금융회사에서 일하다 수학 선생님이 된 런던 친구들까지 모두 다양했다. 이미 은퇴한 66살의 네덜란드 부부와 안식년으로 온 독일 선생님 제니퍼 말고는 모두 한 달의 휴가를 받아 아프리카에 온 직장인이었다.

이들 역시 하나같이 우리의 여행 이야기를 듣자 한국의 친구들처럼 놀라워했다. (내가 만약 매년 한 달씩 온전히 휴가를 받으면 퇴사하지 않았을 것 같은데) 퇴사는 만국 직장인들의 꿈이었나 보다. 그들은 헤어질 때 따뜻하게 안아주며 이야기했다.

"너희는 언제든 마음만 먹으면 다시 일을 할 수 있을 거야. 그러니 미래는 걱정하지 말고 지금을 마음껏 누려."

그렇게 우리는 친구, 부모님, 친구의 부모님, 회사 사람들에 외국인 친구들까지 많은 이들의 걱정과 기대 속에 여행을 마쳤다. 여행에서 돌아온 시 일 년이 지났을 무렵, 부모님께 발표한 장표를 다시 읽어봤다. 책의 첫 부분에 인용한 하루키의 『먼 북소리』 구절도 프롤로그에 인용하며 자못 진지했던 장표에 웃음이 났다. 봄에는 유럽, 여름에는 아프리카, 가을에는 북미, 그리고 겨울에는 남미를 여행하겠다는 대략적인 계획도 적혀 있었다. 염두에 두지 않았는데 실제로 계획대로 다닌 게 놀라웠다. 압권은 마지막 장표에 있던 'End? And! 다녀와서의 계획' 부분.

'Best 시나리오: 여행에서의 활동(글쓰기, 유튜브 채널 운영하기, 제2외국어배우기, 헬스 등)이 사업으로 이어지기. 상기 활동으로 먹고살기 어려울 경우 남편은 여섯, 나는 여덟 가지 계획'을 세워 부모님 앞에서 발표했다.

남편: 여행 경험으로 강연하기, 금융권 재취업 알아보기, 전업으로 주식투자, 목동에서 초,중,고 대상 과외하기, 대학생 취업 멘토링, 카페 아르바이트를 하며 카페 창업준비.

나: 마케터로 재취업(외국계 회사, 스타트업), 요가 강사(문화센터, 요가원, 학교, 회사 등), 부모님 사업 마케팅 돕기 및 2호점 오픈(제주도?), 외국계/마케팅 취업 멘토링, 등하교 보조 도우미, 카페, 맛집 아르바이트로 요식업 경험 쌓기, 에어비앤비 운영, 영어 및 스페인어 통번역 아

르바이트.

지금은 전혀 마음에 없는 계획도 있지만, 그중 절반은 지금 하고 있는 일들이었다. 당시 부모님들이 저 귀여운 계획을 듣고 마음이 편해지진 않으셨을 것 같다. 하지만 생각을 글로 쓰고 말로 뱉으면 현실로 일어날 가능성이 높아짐을 또 한 번 느꼈다. 말하고 다니면 우주의 기운이 작용한다니까. 그들을 걱정시키지 않도록 회사에서보다 더 잘 살아내고 싶다고 이 책을 빌려 말하고 싶다. 부모님 걱정하지 마세요!

회사 & 새로운 일

베가본더 & 아톰

세계 일주, 특히 자전거 여행에 관심 있으신 분들이라면 한 번쯤은 들어보았을 '베가본더와 아톰의 세계 일주' 블로그로 유명한 베가본더&아톰 부부. 2년 8개월 48개국 지구 반 바퀴를 자전거로 돌며 최대 고도 4,655m의 파미르고원, 중앙아시아 등의 오지를 여행했다. 한국에 돌아와 다시 예전과 같은 직장인의 일상으로 돌아갔지만, 여행 같은 일상을 즐기고 있는 두 분을 다시 만났다.

1. 여행 전 어떤 일을 하셨나요?

공대 같은 과 동기로 남편 베가본더는 설계, 아내 아톰은 해외영업을 했습니다. 누구나 그렇듯 초반엔 여러모로 힘든 점도 많았지만, 점차 적응하면서 업무에도 제법 익숙해지고 여가생활과 적절히 균형을 맞출 수 있었어요. 그리고 결정적으로 여행을 결심하게 되면서 끝이 보이는 회사생활로 인해 그 어느 때보다 회사생활이 만족스러웠습니다. 여행을 1년 남겨두고부터는 체력관리의 일환으로 수영과 달리기를 꾸준히 하였고, 좀 더 멋진 사진을 남기기 위해 강의를 듣거나 출사를 다니기도 했습니다. 회사를 다니며 여러 가지를 병행하는 것, 쉴 틈 없기는 했지만 결과적으로 일상생활 자체를 더욱 즐길 수 있었어요.

2. 여행 후 다녀와서 어떻게 지내셨나요? 새로 일을 시작하게 된 과정이 궁금합니다.

아 톰 : 저는 회사로 돌아가지 않고 가끔씩 일하며 지내요. 여행 다녀와서는 같은 직군엔 돌아가고 싶지 않다는 생각을 했어요. 전반적으로 프리랜서고, 시간적 여유가 있다 보니 급하게 일이 필요할 때 많이 도움 요청을 받는 중이에요. 그래서 더욱 다양한 일들을 접하고 있습니다. 가죽제품을 제작하는 일은 여행 다녀와서부터 지금까지 하고 있고, 의류회사에서도 일했었습니다. 하고 싶은 일을 해보고 싶어 독립장편영화 제작에도 참여하고 지인들의 전시회에서 일하기도 했습니다.

베 가 본 더 : 이중적인 감정일 것 같아요. 편하기도 하면서 일을 하고 싶다가도 하는 복합적인 감정이요. 저는 아톰이 부럽긴 해요. 별의별 재밌는 일을 다 해요. 영화 제작에 처음 참여했는데, 전주 국제 영화제 경쟁작 후보에도 올라갔어요.

저희가 개인적인 일 때문에 예정보다 여행을 앞당겨 한국에 급히 들어오게 됐어요. 한국에 와서 4주정도 처가에서 지내다 독립하게 되면서 경제적으로 걱정이 되기 시작했습니다. 슬슬 불안한 마음이 들어 구직을 시작하게 되었죠. 여행을 마쳤을 때 서른두 살이 되었고, 처음 오자마자 1년여간 여행 분야에서 일을 했었죠. 강연이나 잡지에서의 연재, 광고, 혹은 여행기를 즐겨 보시던 팬들과 해외여행을 가기도 했었어요. 하지만 제 스스로가 여행으로 일을 하고 싶지 않았기에 다른 일을 찾아보게 되었어요. 안정적이지 않기도 했구요. 급하게 구직을 하다 입사하게 된 화장품 회사를 다녔는데, 기획과 마케팅 일이어서 매우 흥미 있었죠. 그럼에도 정말 원해서 하고 있는 일이 아니라서 차라리 원래 일하던 곳으로 가서 내가 일한 만큼의 보상을 받으면서 일하고, 그 수익으로 하고 싶은 것들을 하고 앞으로 할 것들을 찾는 게 나을 것 같았어요. 결론적으로 지금은 꽤 만족해요. 수입도 안정적이고, 아톰과 하고 싶은 일들을 하고 있거든요. 다만 앞으로 어쨌든 회사라는 조직에 속해 있는 것은 영원하지 못하기 때문에 추후에 어떤 일을 할지 고민할 시간이 필요할 것 같습니다.

3. 원래 다니던 회사에서 다시 일하면 어떤 느낌인가요? 면접 때나 재입사 후 불편함은 없으신지 궁금합니다.

원래 다니던 곳에서 마무리를 어떻게 하느냐에 따라 다르지 않을까요? 저는 아주 즐겁게 다니고 있어요. 재입사 할 때도 선후배들이 많이 도와주고 추천도 해줘서 쉽게 들어올 수 있었습니다. 처음엔 뭔가 어색하고 했지만, 5년 정도 다녔던 회사라 한 달 정도 지난 뒤엔 오히려 금세 적응할 수 있었어요. 예전 회사에 복귀하는 것. 내가 느끼기에 그만두기 전에도 괜찮은 회사였고, 퇴사할 때 원만했다면 제 생각엔 나쁘지 않은 선택일 것 같습니다.

4. 여행으로 달라진 게 있나요?

베 가 본 더 : 뭔가는 달라졌지만 여행 때문이라고 단언하기는 어려워요. 그게 여행으로 달라진 것인지, 나이가 들어서 달라진 것인지 판단하기 어려운 것 같아요. 여행이 영향이 전혀 없진 않겠지만, 그게 온전히 여행 때문이라고 말할 수 있을지 모르겠어요.

새 미 : 저는 여유로워진 것. 삼십대 중반에 회사를 안가도 크게 불안하지

않다고 느끼는 게 여유 때문인 것 같아요.

베 가 본 더 : 저도 여행 후 강연할 때 가장 많이 쓴 단어가 '여유'였어요. 딱히 달라진 부분을 표현하기 어려운데, 그래도 한 단어로 생각을 표현한다면 바로 '여유'가 아닐까 합니다.

5. 요즘 생활은 어떠세요?

요즘 가장 좋은 부분은 안정감이에요. 여행으로 인해 만났던 나와 생각이나 라이프스타일이 비슷한 친구들이 아주 많아졌어요. 그래서 금요일 오후부터 일요일까지는 회사원이 아닌 여행자 베가본더로 살아가고 있어요. 하지만 동시에 수익은 여행가기 전과 다르지 않으니 두 마리 토끼를 다 잡은 것 같은 느낌이에요.

단점은 너무 안주하고 있지 않나 하는 느낌이에요. 여행에서 가장 노력한

부분이 생산적인 일을 하지 않는 것이었거든요. 그래서 강박이나 스트레스도 많이 줄었고 즐겁게 지내고 있습니다만, 아무래도 이제 여행 다녀온 지 5년 정도 지났고, 슬슬 여행이 아닌 다른 즐거운 일은 없을까 생각해보고 있어요. 아무래도 저라는 인간은 새로운 것에 도전할 때 가장 발전하고 즐거운 것 같거든요.

6. 다시 떠나고 싶진 않으세요?

아이러니하게도 여행 중엔 아주 가끔 루틴한 회사생활이 그리울 때가 있었어요. 마치 월요일에 무거운 목과 눈꺼풀을 이끌고 자리에 앉아 커피를 마시며 이번 주는 또 어떻게 버티나 하던 제 모습이요. 다들 말도 되지 않는다고 했지만, 사실이 그래요. 내가 현재 부족하거나 없는 것에 대한 갈망은 언제나 있는 것 같아요. 여행자 시절엔 회사원이 부럽고, 회사원 시절엔 여행자가 부러웠으니까요. 결국에 정답은 없고 내가 책임질 수 있는 선에서 지금 조금 더 끌리는 것을 하는 것뿐인 것 같아요. 이제는 여행이 아닌 다른 새로운 것들을 시도하려 준비 중입니다. 언제나 그렇듯 다른 무언가를 준비할 때 만나는 인연들에 대한 기대감도 꽤 크고요.

여행에서 만난 사람들, 현지인들이나 여행자들 중에 일과 삶을 잘 분리시킨 사람들을 참 많이 봤어요. 나도 저들처럼 일과 내 인생을 구별해서 즐겁고 행복해야겠다, 라고 생각했습니다. 굳이 여행이 아니어도 되고, 일상에서 이런 부분을 찾을 수 있는 방법이 많아지고 있고, 사람들의 생각도 점점 달라지고 있는 것 같아요.

7. 퇴사나 세계여행, 혹은 새로운 일을 고민 중인 사람들에게 해주고 싶은 말이 있다면?

내가 선택한 일에 대한 책임을 남에게 피해만 주지 않고 실행에 옮길 수 있다면, 그래서 행복하다면 어떤 것이라도 좋을 것 같아요.

지금의 내 현실과 상황 때문에 다른 일을 시도한다면, 다른 일에서 비슷한 감정을 다시 느낄 가능성이 큰 것 같아요. 저희는 아주 극단적으로(?) 퇴사 후 세계여행을 했어요. 후회하지 않습니다만, 이런 선택을 모든 사람이 할 순 없는 것 같아요. 그리고 꼭 할 필요도 없어요. 요즘 느끼는 것은 내 일상에서 내가 정말 행복한 상황들을 찾는 것, 만약 저라면 여행에서 느끼는 감정들을 일상에서 찾으려고 노력한다면, 쉽게 일상을 극복할 수 있으리라 생각해요.

비슷한 생각을 갖고 있는 분들과 함께 대화를 나누고 지금 당장 할 수 있는 즐거움을 찾다 보면, 언제나처럼 맞는 보통의 일상도 특별한 여행이 될 거라 생각해요. 지금 이 글을 읽는 시간이 여러분의 일상에 아주 작은 여행이 되었으면 좋겠습니다.

Chapter 2

세 계
여 행 을
떠 나 다

세계여행 하면
욜로 하다
골로 간다고요?

누가 먼저 여행 가자고 했어?

"우리 세계여행 갈래?"

만난 지 한 달도 채 되지 않았을 때 구 남친이 건넨 한마디는 잔잔했던 내 마음에 돌이 되어 날아와 큰 파장을 일으켰다.

"나는 어렸을 때부터 세계여행이 꿈이었는데, 최대한 젊었을 때 가고 싶어."

구 남친이었던 현 남편은 두루뭉술하게 말했다. (나중에 물어보니 이렇게 내 마음을 흔들어 놓고 까맣게 잊었다고 한다.)

"가면 당연히 좋긴 한데 뭐 한 50대쯤 갈 수 있는 게 세계여행 아니야? 젊었을 땐 돈도 없고 열심히 벌어야 하는데 어떻게 세계여행을 가?"

과연 이 남자 현실적으로 생각은 하고 말하는 건가, 다소 황당했다.

그날의 맹랑한 대화 이후 언젠가의 꿈이었지만 실현 가능성으로는 저

아래에 있던 세계여행이 급상승했다. 감히 지구인의 4분의 1은 꿈꾸지 않을까 추측하는 세계여행. 나 역시 막연하게 언젠가 꼭 가고 싶었지만 그게 지금이 될 거라곤 상상도 하지 않았다. 정작 이야기를 꺼낸 사람은 아무렇지 않은데, 나 혼자 걱정하고 북 치고 장구까지 쳤다. 남자 친구가 남편이 될 때까지 끊임없이 머릿속으로 젊은 날의 세계여행에 대해 계산을 했다.

'$A^2+B^2=C$' 수학을 굉장히 싫어하지만 방정식은 이럴 때 유용했다.

방정식에서 A는 퇴사를 하고 떠난 세계여행에서 느끼는 행복과 유희라면, B는 세계여행을 다녀와서의 달라진 사고가 더해져 지금과는 다른 삶 C라는 답이 나올 것이다. 다시 C는 인생의 전환점으로 제곱이 되어 나의 삶에 영향을 미칠 것이다. 수학은 못해도 여기까진 쉽게 풀 수 있었다. 방정식을 풀기 위해 제일 먼저 한 일은 세계여행을 다녀온 사람들의 책을 찾아 읽는 것이었다. 한국뿐만 아니라 일본, 독일 작가까지 닥치는 대로 탐닉하기 시작했다. 세계여행 이후의 삶이 너무 불안했기 때문에 궁금했다. 회사를 나가서 세계여행을 다녀온 사람들은 과연 잘 살고 있는지. 롤모델 팀 페리스의 책을 읽으며 몹시 그렇다고 고개를 끄덕이며 밑줄을 그었다.

> 장기간 여행을 떠났다는 이유로 직장에서 해고당하고 굶어 죽고 팔자 좋은 베짱이라는 조롱을 당해야 한다면, 아마도 세상은 배가본더들 때문에 심각한 위기에 빠졌을 것이다. 하지만 알다시피 그런 일은 없었다. 오히려 세상은 배가본더들의 글과 책, 강연, 영상, 이야기에 더욱 귀 기울인다.
>
> – 팀 페리스 『타이탄의 도구들』(토네이도, 2018)

여기에 덧붙여 '삶을 송두리째 다 잃지 않기 위해서 얼마간의 삶을 바치는 것은 당연하다.'는 알베르 카뮈의 말까지 빌린다면, 여행을 다녀와도 삶은 망가지지 않을 것 같았다. 용기 있게 세계여행을 떠난 사람은 생각보다 많았다. 안정적인 직장을 그만두거나 전세금을 빼서 여행을 다녀온 사람들 이야기가 심심찮게 보였다. 매년 노벨문학상 후보에 오르는 무라카미 하루키조차도 마흔을 목전에 두고 불안함을 타계하고자 유럽으로 떠났을 정도였다. 그들의 용기를 글로 배우며 '세계여행을 가도 괜찮을까.'에 대한 계산을 얼추 마무리 지었다.

문제는 그 다음이었다. 여행을 다녀와서 뭐 하고 살지에 대한 계산은 아무리 해도 풀리지 않았다. 세계여행(A)과 여행에서 달라진 사고방식 (B)은 알겠는데, 이후의 삶(C)은 뚝 끊겼다. 한창 클라이맥스로 향하던 드라마가 중간에 조기 종영된 기분이랄까. 내 인생 스포가 궁금해 점집을 찾아다닐 정도였는데, 남의 이야기가 궁금한 건 당연지사였다. 그래서 어떻게 됐냐고요! 남의 여행 이야기는 안 궁금하고 그래서 다녀오니 어떻게 지낸다는 마지막 결론이 궁금했지만 알 수 없었다.

궁금하면 직접 발로 뛰는 수밖에. 머리가 나쁘면 몸이 고생한다고, 학교 다닐 때도 수학을 못해 손발을 동원해 셈을 했던 나는 세계여행 후 펼쳐질 인생 계산을 마저 하기 위해 직접 사람들을 만나고 다니기 시작했다. 초록 창에 검색하는 것만으로 만날 수 없는, 손에 쥐고 있던 카드들을 버리고 용기 있는 선택을 한 그들을. 가끔 포털사이트에 올라온 이들의 인터뷰에는 빼놓지 않고 '욜로 하다 골로 간다.'는 악플이 달렸다. 댓글을 작성한 사람에게 '세계여행을 다녀오고 나서 골로 간 분이세요?' 이렇게 묻고 싶었다. 안 해봤으면서 어떻게 그렇게 잘 아는 건지. 기분 나쁜 반대 심리를 증명해내고 싶었다.

'욜로' 하고 싶다는 답은 정했으니 원하는 답을 들려줄, 골로 가기는커녕 잘 지내고 있는 사람들을 찾기 시작했다. 그렇게 여행을 떠나기 전 여덟 쌍의 부부를 만났다. 첫 번째 만남부터 확신이 들었다. 이야기를 나눌수록 불안과 걱정이 반감되고 자신감이 생겼다. 여행을 하며 얻은 영감으로 창업해 지금까지도 잘 운영하고 있는 부부에서부터, 예전 직장에 다시 돌아가거나 새로운 직장으로 다시 취업한 사람, 여행을 계속하며 프리랜서로 잘 지내는 사람들까지. 모두 잘 지내고 있었다. 그들과의 대화로 방정식을 2년 동안 풀고 나니 홀가분하게 여행을 떠날 수 있게 됐다. 떠나보니 비슷한 문제의식을 가지고 떠나온 또 다른 동지들을 많이 만났다. 하던 일을 정리하고 배낭 하나에 짐을 정리해 길 위로 나온 사람들은 저성장 국면에 들어선 앞으로의 삶을 새롭게 풀어내는 방법을 몸소 실험하고 있었다. 우리보다 먼저 여행을 마치고 한국으로 돌아가 다시 일을 시작하거나 새로운 일에 도전하는 동지들의 이야기까지 모이니 더욱 확신이 들었다. 욜로 해도 골로 안 간다.

저마다 용기를 내어 떠난 이들. 비슷한 통점을 치유하기 위한 방법으로 여행을 택한 사람들답게 처음 보는 사이여도 통하는 점이 많아 급속도로 가까워졌다. 여행 일정이 맞지 않아도 랜선 친구로 오늘도 안전하

고 즐거운 여행을 기원하며 끈끈한 동지애를 발휘하는 여행자들. 온라인 카페 '부부 세계여행 프로젝트' 회원 수는 천여 명이 넘고, 부부 여행자 오픈 채팅방에도 이백 명이 넘는다. 그 수가 많아지고 있는 만큼 미디어에 노출되는 빈도수도 많아졌다.

우리에게도 여행한 지 1년쯤 되었을 때 포털사이트에서 인터뷰 요청이 들어왔다. 애 낳고 돈 모을 나이에 누구는 못나서 여행 못 가는 줄 아냐, 애 있으면 절대 못한다, 부모 믿고 저런다, 다녀와서 고생을 해봐야지, 기타 등등 일면식도 없는 남 걱정해주는 사람이 많기로 소문난 곳이라 섭외 요청에 머뭇거렸다. 이전에 실린 여행자들 인터뷰 댓글을 보며 기분이 나빴던 참이었다. 우리가 좋아서 집, 차, 명품 안사고 모은 돈에 퇴직금까지 보태 떠난 여행인데 싫은 소리를 듣고 싶지도 들을 이유도 없었다. 댓글은 예상됐지만 인터뷰에 응하기로 했다. 여행 혹은 퇴사는 하고 싶은데 도저히 엄두가 나질 않아 망설였던 나의 몇 년간의 모습이 떠올랐기 때문이다. 작은 글 한 줄이라도 나에게 용기를 지펴줄 큰 불씨로 다가왔던 때처럼 누군가에게 용기를 주고 싶었다.

한 달 후 매일 검색만 하던 초록창에 우리 사진이 실렸다. 반응은 예상대로였다. 스펙 믿고 회사 나왔네, 여행 후 현실 적응 못해서 떠돌다가 노후는 망할 거라는 등 우리의 미래를 걱정하는 댓글을 예상했기에 기분이 크게 나쁘진 않았다. 오히려 그들을 나무라는 선한 댓글이 우세한 게 인상적이었다. 다만 한 내용에 관해서는 몇 가지 이야기를 더하고 싶다.

'이런 사람들이 평범하게 직장 다니는 사람을 겁쟁이로 만든다.'는 말은 틀렸다. 여행을 간다고 겁이 없는 것도 아니며 회사를 다니면서 이직 혹은 새로운 직무로 옮기는 건 여행보다 더 큰 용기가 필요하다. 한 명도 아니고 둘씩이나 다니던 회사를 그만두고 여행을 떠난 게 용기가 가상하다고 하지만, 잠시 쉬어가는 것뿐 대단한 용기가 필요한 건 아니다. 상당수는 여행을 마치고 다시 직장으로 돌아간다. 평범하게 직장 다니던 사람들이고 하루, 한 달, 매년을 버티는 게 얼마나 힘든 건지 누구보다 잘 안다. 여행이 모두에게 정답이 아니듯 모두가 퇴사하고 여행을 가야 행복을 찾을 수 있는 것은 더욱 아니다. 그 시절 돌파구가 여행이었을 뿐이다.

평생 여행만 할 수는 없다. 여행을 하며 디지털 노마드로 살더라도 일은 해야 한다. 여행이 끝나면 다시 돈을 벌어야 한다. 다만 삶을 주도적으로 선택하고 결단을 내려 본 경험이 몸에 선명히 새겨져 있을 뿐이다. 다시 일을 하니 재밌어서, 돈을 벌어 다시 여행을 떠나겠다는 등 저마다의 이유로 다시 생업에 돌아가도 이전과는 다른 태도로 임하게 될 것이다. 언제든 다시 주체적으로 나에게 최선의 삶을 선택할 수 있다는 태도는 내가 가지 않은 길을 걸은 남을 폄하하기에 급급한 이의 그것과는 다르다. 해보지 않은 이의 조언은 내가 만들려는 작고 소중한 세계를 뭉개기 일쑤다. 설사 골로 간다 쳐도, 실컷 울고 다시 일어나면 그만이다. 잠깐 쉰다고 지금껏 쌓은 경력과 실력이 어디 가진 않는다.

덧, 애가 없고 딩크족이라 가능한 여행도 아니다. 우리는 아이를 누구보다 좋아한다. 이 시간을 통해 가치관을 단단히 다진 후 부모가 되고 싶어 잠시 출산을 미루고 여행을 떠난 것이다. 게다가 아이와 함께 세계여행 하는 가족도 꽤 많다. 그러니 혹시 조금 긴 여행 혹은 휴식을 갖고 싶은데 자신이 없다면 이 글을 읽고 용기를 내셨으면 좋겠다.

세계여행
어땠냐면요

"세계여행 어땠어?"

한국에 돌아와 만나는 사람마다 물어왔다. "진짜 좋았지."라고 두루뭉술한 대답밖에 꺼낼 수 없어 매번 답답했다. 무엇이 나를 감화시켰는지 더 깊은 대답을 하기 위해 일기장을 다시 들춰봤다.

여행하며 매일 일기를 썼다. 물론 '일기' 본연의 성격대로 꼬박꼬박 쓴 날은 50일 정도. 나머지 450일은 밀린 방학숙제를 하듯 몰아 썼지만. 태어난 이래 가장 꾸준히 쓴 날들이었다. 최다 빈출 문장은 '행복하다, 좋다, 퇴사하길 잘했다.' 세 문장은 우열을 다투기 힘들만큼 자주 등장했다. 그럼에도 불구하고 소득 없이 소비만 하는 날들이 마냥 편하지만은 않았음을 고백한다. 그럴 때마다 종이 위에 펜으로 꾹꾹 눌러 쓰다보면 어지럽던 마음이 가지런히 정돈되는 신기한 순간을 마주했다. 여덟 권의 일기장 덕에 행복과 슬픔의 기록이 고스란히 남았다. 남편과 같이 느리

퇴사 전보다
불안하지
않습니다

게 먹는 아침밥, 한국 여행자에게서 얻은 귀한 고추장 두 스푼, 길 위에서 만난 이들의 호의 등 행복이 도처에 널려 있다는 건 놀라운 일이었다. 돌이켜보면 행복을 구성하는 건 별것 아닌 순간이었다. 미세먼지 없는 깨끗한 공기를 가득 마실 때, 꼬수운 라떼를 마실 때, 정성이 들어간 한 끼 식사를 먹을 때. 사실 한국에서도 충분하게 느낄 수 있는 것들이다.

여행을 마치고 다시 일상을 살아내면서 이 별것 아닌 순간들과 기억들이 결국 나를 만든다는 생각이 든다. 어쩌면 여행은 이것으로 충분할지 모르겠다. 5,000m 산을 고산병 없이 오르고, 남아프리카 공화국 최남단 희망봉에 가고, 자동차를 빌려 세 달 동안 유럽을 쏘다녔다니. 인생을 바꿀 답이나 사업 아이템을 못 찾았어도 괜찮다. 온 마음 다해 행복했던 그 시간, 그냥 아무 때나 꺼내 먹을 수 있는 추억이면 충분하다. 추억이 밥을 먹여 주진 않지만 영양제쯤은 된다. 어느 책에서 '행복도 경험이고 경력이다.'는 구절을 읽었다. 내가 언제 행복한지 알고 이를 지키기 위한 시간은 충분히 가치 있다.

태국 방콕에서 시작한 여행은 치앙마이 한 달 살기 후, 아이폰을 사러 홍콩에 잠시 들러 그곳에서 일하는 친구들에게 실컷 밥을 얻어먹는 것으로 이어졌다. 한 달 후 말레이시아에서 그 휴대폰 액정은 보기 좋게 깨졌지만. 이후 발리를 지나 여행 백일은 인도 리시케시에서 요가를 하며, 이백일은 크로아티아에서 맞았다. 삼백일은 아프리카 트럭킹의 종착지 빅토리아 폭포에서, 일 년째 되는 날은 지구 반대편 멕시코시티에서 보냈다. 일기를 쭉 읽어보면 '좋았다'는 말 이면에 담겨 있는, 그때만 느낄 수 있는 감정과 시간이 갈수록 깊어지는 폭이 새롭다.

여행을 출발한 지 한 달이 되었다. 한창 일하며 돈 벌 나이에 아내와 함께 세계여행을 와서 가장 좋은 게 있다면 그건 바로 함께하는 시간이다. 한국에서 일할 때는 아침 출근 전에 잠깐, 퇴근하고 잠깐 이야기하는 게 전부였다. 맞벌이 부부가 다들 그러는 것처럼. 여행을 와서는 느긋이 밥 먹으면서 일상을 공유한다. 이것 하나만으로도 이 여행은 충분히 행복하다.

태국에서의 한 달은 우리 부부에게 준비운동과 같은 기간이었다. 장기여행의 첫 출발지를 태국, 그리고 치앙마이 한 달 살기로 정한 건 아무리 생각해도 좋은 선택이었다. 선선한 날씨, 저렴한 물가, 한국과 2시간밖에 되지 않는 시차, 빠른 인터넷 환경, 그리고 이곳에서 만난 좋은 인연들까지. 여행의 첫 출발, 자칫하면 힘을 잔뜩 주고 시행착오를 반복할수도 있는 시기에 편안하게 힘을 빼고 여행에 적응하고 있다.

여행을 와서 좋은 또 다른 점은 일상을 꾸준히 기록하게 되었다는 것이다. 한국에서도 일상을 잘 기록하던 아내와는 달리 나는 한국에서 따로 일기를 적지 않았었다. 새로운 환경, 새로운 출발이라는 이름을 빌려 시작한 '매일 일기쓰기, 매일 운동하기.' 일하던 때와 달리 일상을 자세히 들여다보는 게 가능해지면서 일기에 쓸 말이 생기고, 그럼으로써 내 삶이 더 풍요로워지고 있다.

여행을 떠나온 지 두 달이 되어간다. 매일 뭘 먹고 뭘 할지 찾다 보니 시간이 빠르게 흐르는 것도 겨우 인지한다. 세계여행자의 시간은 조금 다르게 흐른다.

'쿠알라룸푸르에서 머물 날이 4일밖에 남지 않았네, 일주일 후면 족자카르타에서 페리에 구겨져 예쁜 섬으로 향하고 있지 않을까.' (일주일 후 계획은 사치다.)

보통 미리 준비하기보다 닥쳐서 알아보는 여행 스타일이기 때문에 공항이나 정류장에 도착해 숙소까지 가는 교통편을 타면 그제야 여행 정보를 알아본다. 오히려 그렇게 여행을 해도 별 문제가 되지 않고 즐거운 일이 가득했다. 걱정은 해 봤자 걱정한대로 일어나지 않는 무쓸모한 경우가 대부분임을 알게 됐다. 떠나오기 전에는 또래들이 열심히 일하며 돈과 경력을 쌓고 있는데 돈을 까먹으며 놀기만 하면 불안할 줄 알았다. 그런데 당장 내일 뭘 할지, 어딜 가게 될지도 모르는 일상을 살다보니 자연스레 미래에 대한 불안함은 느낄 새가 없다.

퇴사와 세계여행을 선택할 당시엔 피해갈 수 없었던 현실적인 고민들에 꽤 많은 시간과 에너지를 쏟았다.

'한국에 돌아가게 되면 뭘 해먹고 살아야 할까? 다시 회사에 취업을 하면 잘 다닐 수 있을까? 회사에 들어가면 아이는 언제 가져야 하나? 아이를 가지면 육아휴직은 잘 쓸 수 있을까? 육아휴직을 다녀오면 승진이 누락되겠지? 내 커리어는 어떻게 되는 걸까…,'

퇴사한 지 세 달, 배낭을 멘 지 두 달이 지난 지금 돌이켜보면 쓸모없는 걱정을 안고 살았구나 싶다. 고민을 했던 주제 자체가 정답이 아니었

퇴사 전보다
불안하지
않습니다

는데, 오답을 가지고 끙끙 머리를 싸맨 격이었다. 떠나기 전에는 회사원으로 살아가는 게 정답이라 그 안에 어떻게든 나를 끼워 맞추고자 했다. 직장인은 제도권 교육을 받고 대학교를 졸업한 내게 가장 안정적이자 쉬운 보기였다. 선택할 수 있는 객관식 문제 중에 가장 맞는 보기인 줄 알았고, 회사생활을 했던 5년 동안 정답인 줄 알았다.

떠나게 된 것도 객관식이 아닌 주관식이었음을 깨닫고 그 답을 써내려가고 싶어서다. 그렇기에 떠나기 전에 했던 꼬리에 꼬리를 무는 고민들과 그에 따른 불안은 내가 짊어져야 할 것들이 아니었다. 언젠가는 이 여행이 끝나고 한국에 돌아가게 될 거다. 다시 가장 쉽고 안정적인 보기인 회사원의 생활을 다시 선택할지도 모른다. 하지만 사회초년생일 때처럼 객관식이 아닌 서술형으로 써내려가다 정답을 도출했다면 더 행복하게 살 수 있을 것 같다.

여행을 다니며 남편과 무수히 많은 대화를 나누고 있다. 그 중 '정답은 없다.'는 말을 참 많이 했더라. 나만의 논리와 주관으로 써내려 가면 그건 모두 정답이다. 오답은 없다. 부분 점수라도 받는 게 객관식 보기를 잘못 찍어 아예 틀리는 편보다 낫다. 그 논리와 주관을 찾기 위한 여행인 만큼 따뜻한 가슴으로, 차가운 머리로 더 많이 느끼고 가는 여행이 됐으면 좋겠다.

D+100, 그의 시선_인도

여행을 떠나온 후 가족, 친구들로부터 가장 많이 받은 질문은 '떠나서 좋은지, 후회하지는 않는지?'이다. 그리고 우리의 대답은 '전혀 후회하지 않는다.'이다.

퇴사하기 전에는 퇴사를 하면 엄청 큰일이 생기는 줄 알았다. 하지만 퇴사 후 나는 더 행복하게 잘 살고 있고, 회사 역시 나 없이도 전혀 문제 없이 잘 돌아간다. 퇴사 전과 후 바뀐 게 있다면 시간에 대한 소유다. 나는 더 이상 내 시간을 팔아 돈을 벌지 않는다. 덕분에 경제적 수입은 0에 수렴하게 되었지만, 나는 하루 24시간을 온전히 나의 것으로 만들었다.

그렇게 안정적(직장이 안정적이라고 생각하지는 않지만)인 직장과 수입을 포기하고 얻은 24시간으로 우리 부부는 세계 일주를 시작했다.

여행을 하며 제일 좋은 건 아내와 매일 전 세계 도시를 배경으로 추억을 쌓고 있다는 점이다. 요가라는 같은 취미를 공유하며 전 세계를 돌아다니며 수련하는 것도 좋다. 촌놈처럼 매번 내가 "이곳에서 이런 것도 보다니"를 얘기하는 것도 좋다. 이 여행이 언제 끝나게 될지, 끝나고 나서는 우리가 무엇을 할지 우리도 모른다. 다시는 돌아오지 않을 이 행복한 시간을 건강하고 안전하게 즐길 뿐이다. 장기여행이라 도시 간 이동할 때 가끔 지치고 힘들기도 하지만, 아내와 함께 퇴사하고 세계여행을 시작한 걸 후회한 적은 없다.

D+131, 그녀의 시선_몰디브

오늘도 어제와 같은 일상. 아름다운 몰디브 바다에 몸을 담그고, 마음껏 책을 읽었다. 오늘의 감동은 바다 위로 넘어가는 동그랗고 말간 해와 그 후에 펼쳐진 하늘 위 구름을 수놓은 빨간 빛들. 돌아가고 있는 건 우리인데 저 태양이 우리를 중심으로 돌고 있는 듯한 느낌, 코페르니쿠스가 수백 년 전에 발견한 사실인데 아직도 낯설다. 그만큼 세상이 나를 중심으로 돌고 있는 것 같은 착각에서 벗어나면 선택이 쉬워진다. 언제든지 결정을 내리는 건 세상이 아닌 나다. 내 삶은 주위에서 끌려가는 것이 아니라 내가 끌고 가는 것이었다. 이 단순한 사실을 몰디브에서 하릴없이 보던 하늘과 해가 알려주었다.

D+200, 그녀의 시선_크로아티아

오랜만에 금요일의 여유를 느꼈다. 우습지만 여행이 일인 백수에게도 휴일이나 반차 같은 시간이 필요하더라. 그래야 여행을 더 밀도 있게 할 수 있다. 노는 게 일상인 백수부부지만 하루가 참 빨리 지나간다. 특히 쉥겐조약* 때문에 한 도시에서 길어야 3일씩 머물고 있는 요즘은 매일 여행지에 대한 정보를 찾고 숙소나 캠핑장을 알아보고 나서 오늘은 뭐 먹을지까지 찾아보다 보면 블로그에 여행기를 정리할 시간도 없이 하루가 금방 간다.

'우리가 뭘 잘하고, 좋아하고, 앞으로 뭐 해먹고 살지'에 대해 고민하고자 떠난 여행인데, 이렇게 하루가 바쁘게 지나가면 그런 생각을 할 틈이 잘 나질 않는다.

세계여행을 떠나온 지도 이백일이 넘었다. 백일이 지났을 때와는 고민의 화두가 달라졌다. 이전까지는 고민은 '미래의 나'에게 제쳐두고 퇴사에 취해있었다. 중간에 한국에 잠시 다녀오니 이렇게 안일하게 여행만 하다가는 한국에 돌아가도 비슷한

*유럽연합(EU) 회원국 간 무비자 통행을 규정한 국경 개방 조약으로, 쉥겐조약 가입국은 같은 출입국 관리정책을 사용하기 때문에 국가 간 제약 없이 이동할 수 있다. 첫 입국일을 기준으로 하여 6개월(180일) 이내 최대 90일까지 회원국의 국경을 자유롭게 넘나들 수 있다.

모습으로 살 것 같다는 조급함이 들었다. 5개월 동안 변한 건 내 피부색과 마음뿐, 모든 게 그대로인 한국에 다녀오니 현실을 제대로 자각했다.

남편과 오랜만에 외식을 하며 이런저런 이야기를 하다 주위에 열심히 살고 있는 멋진 지인들에 대해 말이 나왔다. 회사를 다니고 육아까지 하면서도 본인들이 원하는 것을 위해 열심히 시간을 쪼개어 사는데, 가진 거라곤 시간뿐인 백수는 왜 이렇게 게으르게 사는 걸까. (아침 9시에야 겨우 일어나 빈둥대다 아침을 먹고 숙소를 나서면 거의 12시. 회사 다닐 땐 이 시간이면 벌써 점심을 다 먹고 커피 마시고 있을 시간이다.) 우리가 여행을 통해 얻고 싶은 답이 있다면 그들처럼 시간을 의식적으로 내서 생각할 시간을 만들어야겠다는 결론을 내렸다. 물론 내일부터 실천할 수 있을지는 미지수지만.

D+365, 그녀의 시선_멕시코

2018년 10월 마지막 날, 캐리어 대신 배낭 두 개를 메고 방콕으로 향하는 비행기에 올랐다. 세계여행을 가니까 아껴야 한다며 평소엔 거들떠보지 않던 저가 항공을 탔다. 아직 완전히 최저가로 들어갈 준비는 안 된 건지 얼마 더 내면 좌석을 지정할 수 있고, (업그레이드도 아니다.) 기내식을 주는 옵션에 돈을 지불한 터였다. 기내식은 돈 아까울 정도로 맛이 없었고, 좌석은 좁고 불편했다. 방콕까지의 6시간은 더디게만 흘렀다. 방콕의 습한 공기를 맞으며 숙소까지 가는 한 시간 반 동안 퇴근길 교통체증에 갇혀버렸다. 익숙지 않은 배낭의 무게와 육체적인 피로까지 겹치자 세계여행 첫째 날의 감상은 '힘들다'로 점철됐다.

그로부터 일 년이 지난 지금은 6시간쯤이야 가분하다. 멘지 십 분만 지나도 혼이 나가버리던 20킬로그램이 넘는 배낭도 익숙해졌다. 일 년의 시간 동안 나는 이동시간을 즐기게 됐고, 찬물로도 샤워를 잘하며, 매사에 덜 까탈스러워졌고, 오지랖이 조금 넓어졌다.

모든 걸 차치하고 일 년 동안 여행을 하며 가장 커진 건 '아무 것도 하지 않아도 괜찮다.'는 실감이다. 유치원부터 직장까지 늘 어느 곳에 소속되어 있지 않으면 큰일 나는 줄 아는 사회에서 살아왔다. 고등학교 졸업 후 대학을 못 가면 하늘이 무너지는 줄 알았고, 대학교 졸업 후 바로 직장에 가지 않으면 패배자가 되는 줄 알았다. 사회생활을 하고서는 늘 출산과 육아 때문에 생길 경력단절을 두려워했다. 심지어 결혼을 하기 전부터 말이다. 세계여행을 결심하기 전에는 경력 공백과 재취업이 걱정됐다.

무소속으로 일 년을 넘게 지내보니 아무 일도 일어나지 않았다. 내 마음이 아무렇지 않다는 표현이 맞을 것이다. 번듯한 직장은 부모님이 대화할 때 혹은 타인에게 나를 소개할 때 편리할 뿐, 내가 좋은 사람이 되는 것과는 거리가 멀었다. 지금 당장 책임질 아이나 빚이 없기에 가능한 삶이라도 무소속은 꽤나 가벼운 생활방식이다. 내가 쓰고 싶은 글을 써서 돈을 벌고, 강아지들을 돌보는 하우스 시터를 하며 무료로 숙박을 해결하는 짠내 나는 여행도 즐겁기만 하다. 안전지대를 벗어나도 괜찮다는, 세계 7대 불가사의 같은 여행지를 다녀온 사실보다도 더 귀한 얻음이었다.

D+500, 그녀의 시선_아르헨티나

영화 「오백일의 썸머」에서 주인공 썸머(Summer)는 불같은 사랑을 하다 다른 남자에게 가버렸다. 이후 남자 주인공은 새로운 인연 어텀(Autumn)을 만나 새로운 삶을 시작한다. 그에게 여름이 가고 가을이라는 새로운 계절이 찾아왔듯, 오백일의 세계 일주 끝에도 생각지 못한 재밌는 일들이 우릴 기다리고 있을 것이다.

오백일 동안 소매치기 한 번, 사기다운 사기 한 번 당하지 않았다. 어디 한 군데 아프지도 않고 건강하게 이 길을 끝까지 걸었다. 그 흔한 베드버그에 한 번 물리지 않았다. 좋은 친구들이 생기고 지구 곳곳에 안부를 물을 수 있는 인연들이 있어 행복했다. 이거면 됐다. 이 길을 남편이라는 연인이자 인생 절친과 손을 잡고 걸을 수 있음에 감사한 시간을 보냈음. 그와 라 보카(La Boca)에서 탱고를 보고 부에노스아이레스를 분주히 돌아다니며 여행을 마무리하고 있다.

덕업일치가 되는
삶을 찾아서

　중학교 사회시간에 '2모작 3모작' 개념을 처음 접했다. 봄에 씨를 뿌려 가을에 추수하고 일 년 농사를 끝내는 한국과 달리 동남아시아에선 1년에 두 번 혹은 세 번까지도 쌀을 수확한다고. 그로부터 15년 후 인도네시아에서 9시간 동안 하릴없이 기차에 몸을 실었다. 멍하니 창문을 보다 마구잡이로 외우기만 했던 '3모작'이라는 단어가 불현듯 떠올랐다. 1월이면 한껏 황량한 한국과 달리 차창 밖 풍경은 더없이 푸르렀다. 지금 내 눈앞에 펼쳐진 풍경이 3모작의 현장이구나. 일 년에 세 번이나 농사를 짓는다면, 태풍이나 장마가 휩쓸고 지나갈 때 허망하게 한 해 농사를 망치는 한국보다는 위험이 분산되어 괜찮을 것 같다는 생각도 함께.

　문득 아침 일찍 출근해 어두워지면 퇴근하던 여행 전 삶이 겹쳐졌다. 겨울엔 달이 떠있는 하늘을 올려다보며 집을 나섰고, 다시 달을 보며 퇴근했다. 그럴 때마다 날씨의 영향을 많이 받는 나는 지독하게 우울해졌다. 한 직장에 귀한 하루를 몰아넣던 내 모습과 한 해 농사로 끝나는 양상은 닮아있었다. 자연재해로 한 해 농사를 망치듯 내 커리어도 불현듯 끝날 수 있다 상상하면 불안해졌다. 3모작처럼 직업도 3개쯤 되면 훨씬 안정될 것 같았다. 이번 여행을 통해 우리 부부 인생도 3모작을 지을 수 있게 되기를 소망했다. 이왕이면 좋아하고 잘하는 일을 찾고 싶었다. 남들이 좋다고 규정한 길만 걸으며 모른 채 살아온 나의 진짜 적성을 발견하고 싶었다. 덕과 업이 일치하는 행운을 내 편으로 만들길 원했다. 회사원 대신 업 두세 개면 3모작처럼 커리어 위험 분산과 효율성 측면에서 참 좋을 텐데, 라며 말이다.

여행이 끝난 이제는 안다. 좋아하고 잘하는 것의 교집합은 아무에게나 오지 않는 축복이란 것을. 회사를 다닐 때 공차(GONG CHA) 버블티에 꽂혀 매일 오후 3시쯤이면 사 먹곤 했다. 검은색 쫀쫀한 타피오카를 질겅질겅 씹으며 스트레스를 씹는 낙으로 출근하던 때가 있었다. 한창 공차에 돈을 바칠 때 대표 인터뷰를 접했다. 외국에서 근무하는 남편을 따라 싱가포르에 갔다가 공차 밀크티를 맛보고 한국에 가져가면 잘 되겠다는 확신에 대만 본사 문을 두드린 김여진 대표. 비슷한 나이에 누구는 해외에서 얻은 아이디어로 수백억 자산가가 되고 나는 그저 돈만 쓰고 있었구나. 왠지 그녀처럼 해외에 가면 대박 아이템이 보일 것 같아 어서 여행이 떠나고 싶어졌다.

공차 다음으로 돈을 바친 브랜드는 탐스(TOMS)였다. 종아리가 짧은 내 체형에 발등을 덮는 탐스 슈즈는 짧은 하체를 부각시켜줬음에도 빈곤층 아이에게 신발 한 켤레를 기증한다는 말에 홀딱 반해 줄기차게 사 신었다. 회사를 다니며 신을 일이 없어지자 선글라스로 갈아탔다. 비슷

퇴사 전보다
불안하지
않습니다

한 가격이면 더 예쁜 걸 살 수 있었지만, 안경을 하나 사면 개발도상국 사람들의 눈 수술을 해주기 때문이었다. 사실 물건이 예뻐서라기보다 창업자 블레이크 마이코스키가 아르헨티나를 여행하다 아이들이 맨발로 걸어 다니는 걸 보고 사업 아이디어를 구상했다는 스토리를 산 셈이다. 나도 세계여행을 떠나면 탐스 같은 아이템을 발굴할 수 있을 것 같았다.

여행을 떠나기 전 만난 세계여행 선배들 모두가 입을 모아 말했다. 여행을 다녀온다고 크게 달라지는 것은 없다고. 한국에서 게을렀던 사람은 외국에 나가서도 게으르다고. 머리로는 알았지만 마음속으로 '나는 다를 것'이라고 외쳤다. 공차와 탐스 같은 사업 아이템을 볼 수 있을 줄 알았다. 역시나 선배들의 예언대로 오백일 후의 나는 바뀌지 않았다. 사업 기회는 잘 보이지 않았다. 관심이 크지 않았기에 당연한 결과였다. 사업 아이템도 한국에서부터 진지하게 사업을 고민했던 사람들 눈에나 보이는 것이었다. 역시 송충이는 솔잎을 먹어야 하는 건지. 회사 일만 했던 내 눈에 보일 리 만무했다.

어쩌다 디지털 노마드

그럼에도 '좋아하는 것 리스트' 하나는 확실히 알게 됐다. 그 목록에 쓰인 작고 사소한 것들이 회사 외의 삶에 힌트가 되어주고 있다. 아무것도 하지 않을 자유를 누려보면 내가 무엇을 좋아하고 싫어하는지 자연스레 알게 된다. MBTI나 여타 적성테스트가 필요 없다. 시간이 많으면 된다. 퇴사를 하니 365일, 24시간이 온전히 내 것이 되었다. 하루 종일 좋아하는 것으로 가득 채웠다. 아침에 일어나 한 시간쯤 밥을 먹고 커피를 마시며 글을 썼다. 나의 글이 누군가에게 가 닿는 게 재밌어서 자발적으로 쓰다 보니 이렇게 책도 출간하게 됐다. 내가 글로 돈을 벌 줄은 상상도 못했다. 또한 요가가 하고 싶어 가는 곳마다 요가 수업을 찾는 나를 보며 단순한 운동 이상으로 요가를 좋아함을 알게 됐다. 업으로 삼아도 좋을 만큼. 누가 시키지 않았는데 알아서 하는 것, 그게 바로 자신이 좋아하는 일이었다. 잘하는 것과는 별개일 수 있지만 말이다.

글과 요가에 더해서 나는 의외로 일을 만들어내는 걸 좋아하는 사람이었다. 재밌겠다 싶으면 일을 벌였다. 한국에서도 어버이날 용돈 플라워 박스 클래스를 열고, 여행 전 이사를 하며 카탈로그까지 만들어 신혼집에 있던 물건을 팔았다. 쓸데없이 고 퀄리티로 만들었더니 생각보다 많은 지인들이 지갑을 열었다. 여행을 와서도 자발적인 일 벌이기는 계속되었다. 발리를 여행하며 보인 소품이 품질에 비해 저렴하길래 SNS에서 공동구매를 했다. 우체국 직원들과 싸워가며 힘들게 보냈는데 한국에 도착한 그릇이 깨지기도 했고, 원하는 모양이 아니라며 이미 주문해버린 제품을 취소한 사람도 응대해야 했지만 재밌었다. 미국 포틀랜드를 여행하면서는 요가 타월을 공동 구매했다. 그릇은 깨진다는 시행착오를 겪고 나자 훨씬 수월한 아이템을 골랐다. 여행이 끝난 지금도 구입 문의를 종종 받는다.

유럽부터 남미를 여행하던 일 년간은 '일간 백수부부' 서비스를 운영했다. 동경하던 '월간 윤종신'과 구독 비즈니스를 합쳐 아침 여덟 시에 여행기와 사진을 메신저로 보냈다. 지인들과 함께 여행하는 기분도 좋지만, 모르는 사람들의 응원을 받으며 여행하는 재미도 쏠쏠했다. 여행만 하기에도 부족한 시간에 일을 벌이는 나를 보며 나라는 사람에 대해

알게 됐다.

　일 벌이는 걸 좋아하지만 내게 쌓인다는 느낌이 들지 않는 일에는 마음이 짜게 식었다. 배움이나 성장 측면에서 충족되지 않는 일은 견디지 못한다. 그래서 실무에 쏟는 시간보다 보고를 위한 장표 작성 업무가 많다고 생각될 때쯤부터 회사 일에 흥미를 잃었다. 상사가 좋아하는 입맛대로 장표를 만드는 능력은 회사 밖에서는 쓸모가 없으니까. 왜 매출이 빠졌는지 분석하고 그럴듯하게 핑계를 대는 시간에 하나라도 더 제품을 팔기 위한 진짜 일을 하고 싶었다. 게다가 승진을 하면 할수록 그런 일의 비중은 더욱 높아진다. 아무리 선망하던 회사에서 원하던 직무로 일해도 회사라는 조직에서 내 입맛에 맞는 일만 할 수는 없다. 대개 일의 긴급도는 실무보다 보고가 크다. 그렇게 급한 일만 해치우다 덜 급한데 중요한 일은 놓치며 실력 또한 놓치는 기분이었다. 성장하는 느낌이 들지 않을 무렵부터 그곳에서 보내는 시간이 아까워졌다. 재밌는 일을 오래하고 싶어서 퇴사를 했다.

회사를 나와서야 어떤 환경이 나를 춤추게 하는지 알게 되었다. 싫은 건 적게, 좋은 건 자주 하다보면 결국 가장 자기다운 일을 하게 된다고 믿는다. 좋아하는 일들 중 하나쯤은 언젠가 잘하는 일이 되지 않을까? 여행을 통해 기대한 소기의 목적인 공차와 탐스 같은 사업 기회를 찾지 못했지만 여행을 하며 발견한 내 호불호를 존중해주며 도자기 굽듯 시간을 들여 빚다 보면 언젠가는 덕업일치도 할 수 있다는 희망이 생겼다.

그런고로 싫어하는 상황을 줄이고 신나게 일을 벌일 수 있는 판을 짜면 된다. 하기 싫은 일을 쳐내다 보면 좋아하고 잘하는 일의 교집합에 가까워질 것이다. 여행으로 알게 된 불편한 감각을 놓치지 말고 소중히 하다 보면 달을 보며 출근하고 퇴근하는 대신 3모작하는 농사꾼에 가까워지겠지.

모든 직업은
소중해요

운 좋게도 단번에 대학에 들어간 나는 무소속 상태를 광적으로 두려워했다. 소속 없는 맨 몸으로는 패배자가 되는 줄 알았다. 고3때 필사적으로 입시에 매달렸던 것처럼 대학교 졸업반 때도 마찬가지였다. 새로운 소속을 가진 채 졸업하고 싶어 수십 곳에 원서를 냈다. 그 중에는 부모님이 원하던 은행도 포함이었다. 그렇게 가고 싶던 회사들은 떨어지더니 아무 마음이 없던 곳에선 매번 입사 관문을 통과했다. 부모님이 원한다는 이유로 원서를 쓴 곳에서만 합격을 하니 반감이 생겨났다. 하지만 취업이 1순위였던 그때의 나는 가증스럽게도 전력을 다했다. 무소속보다는 적성에 안 맞는 일이 낫다는 생각이었다.

서류, 필기 논술시험을 통과하고 합숙 면접까지 갔다. 같은 조였던 팀원이 오후 면접을 마치고 숙소로 올라가는 계단에서 갑자기 울음을 터트렸다.

"면접 망쳤어요? 왜 울어요?"

당황한 채 물었다.

"여기에 너무 합격하고 싶어요. 진짜 간절해요 나…."

그녀의 열정에 마음이 뭉클해졌다. 하지만 지금 내가 누굴 동정할 처지가 아니었다. 나는 마음에 없으면서도 최선을 다해 합숙 면접을 끝냈다. 가혹하게도 다음 면접에서 그녀는 보이지 않았다. 나 역시 다행히도 (?) 최종 면접에서 떨어졌다. 아마 기계처럼 답변을 뱉어내는 게 은행장 눈에는 보였을 거다. 그렇게 은행원은 나에게 사연 있는 직업이 되었다. 회사원이 되어 은행을 찾을 때마다 숫자에 약한 내가 은행에서 일했더라면 받았을 스트레스를 떠올리며 안도했다.

그로부터 7년 후 과테말라의 작은 마을 플로레스에서 은행을 찾았다. 한국에서 환전해 나간 단기 여행이 아닌 이상 거의 대부분 현지 화폐는 ATM에서 인출했기에 은행을 방문할 일은 없었다. 그런데 과테말라는 ATM의 고장이 잦아 이미 동료 여행자들의 카드를 세 장이나 먹었다는 악명이 자자한 곳이었다. 사설 환전소는 환전율이 사기 수준이었기에 오백일간 처음이자 마지막으로 은행에 환전을 하러 갔다. 현지인들 역시 같은 이유인지 은행은 늘 붐볐다. 한 시간을 기다려 드디어 우리 차례가 됐다. 그런데 지폐에 낙서가 있다는 이유로 절반을 거절당했다. ATM이 우리의 카드까지 먹어버리게 할 수는 없으니 다시 숙소로 돌아가 깨끗한 지폐로 엄선해오는 수밖에. 다시 한 시간을 기다렸다. 하루를 은행에서 쓰게 생겼다. 화가 나고도 남을 상황이었다.

드디어 내 차례가 돌아왔다. 그런데 다시 찾은 그곳에서 은행 직원의 현란한 손놀림과 쓸데없이 많은 서류 작업을 지켜보는 일은 경이로웠다. 기다림의 지루함이 싹 잊히는 업무 쇼였다. 은행 업무 중 환전은 가장 기초적이고 재미없는 일이었을 텐데 이렇게까지 열심히, 진지하게 할 일인가! 화가 누그러지다 못해 감동을 받았다. 앙코르를 외치고 싶었지만, 또 다시 돌아와 한 시간을 기다릴 순 없기에 아쉽지만 은행을 나섰다.

이렇게 어렵게 환전한 돈으로 여행자 셔틀 봉고를 타고 빠나하첼로 이동했다. 나보다 어려 보이던 운전자는 12시간 동안 불평 한마디 없이 묵묵히 안전하게 운전을 했다. (동남아, 중남미 국가를 여행하다 보면 안전운전이 얼마나 보기 드문 덕목인지를 알 수 있다.) 아침 8시에 출발해 밤 8시가 넘어 도착했는데, 보트를 타고 20분을 더 가야 하는 다른 마을에 숙소를 잡은 영국인 승객들을 다시 선착장까지 태워주는 수고를 아끼지 않았다. 그에게 지불한 돈은 만 원이 채 되지 않았다.

꼬박 하루를 걸려 도착한 빠나하첼에는 한국인들이 운영하는 '카페 로꼬'라는 유명한 카페가 있다. 지구 반대편에 있는 나라에서도 생소한 작은 도시에서 카페를 8년째 운영하는 그들은 시종일관 밝았고 프로다웠다. 유창한 스페인어로 현지인들과 커피 이야기를 하다 나 같은 한국인 여행객들이 곤란에 빠지면 두 팔을 걷어붙이고 도와줬다. 그 와중에 맛있는 커피를 제공하기 위해 커피 산지를 다니며 노력하는 모습에 같은 한국인이라는 게 자랑스러울 정도였다.

세상은 수입이나 업무 강도, 근무 환경에 따라 좋거나 기피하는 직업을 구분한다. 회사를 그만두지 않았더라면 주위 사람을 세 가지 분류로만 나눴을 거다. 회사에 다니는 사람, 회사에 다니며 다른 일을 구상하거나 겸하는 사람, 회사에 다니지 않는 삶을 선택한 사람. 그게 전부인 줄

알았는데 직장인 자아를 내려놓으니 다른 일을 하는 사람들이 비로소 보였다. 무엇이 됐든 각자 업에 최선을 다하는 모습이 얼마나 귀한지도. 은행원, 운전기사, 카페 점원 등 어느 직업을 가졌든 내 일을 내가 귀하게 여기면 그 일은 신성해진다. 중남미 최빈국 과테말라, 천조국 미국의 실리콘 밸리, 서울 어디에서 일하든지 별반 다르지 않을 것이다. 머리를 써서 하는 일이든, 육체노동을 하든, 말로 영업을 하든 모든 일은 결국 하나로 통한다. 제 아무리 돈을 잘 버는 전문직이어도 그 일을 대하는 태도가 엉성하다면 행복과는 거리가 멀어진다. 내가 하는 일에 온전히 빠져 전문적인 태도로 임하는 자세. 그것이 직업과 내 일을 빛나게 해주는 것이었다. 직업에 귀천은 없었다.

동기들이
승진할 때마다
배가 아프지만

인생이 테트리스라면, 더 이상 긴 일자막대는 내려오지 않는다. 갑자기 모든 게 좋아질 리가 없다. 이렇게 쌓여서, 해소되지 않는 모든 것들을 안고 버티는 거다.

– 정세랑 『덧니가 보고 싶어』(난다, 2019)

함께 사회생활을 시작했던 동기들이 승진을 했다

퇴사를 고민했을 때부터 이날을 상상하면 과연 진심으로 그들의 좋은 날을 축하해줄 수 있을지 자신이 없었다. 부러워서 배가 아플 텐데 초연하게 축하할 수 있을까? 만약에 퇴사하지 않았다면 나도 그들처럼 승진을 했을까? 그랬다면 연봉이 많이 올랐을까? 퇴사를 한 번도 후회한 적은 없지만, 만약을 상상하기 시작하면 끝이 없었다.

이제는 더 이상의 만약을 가정하지 않아도 답을 안다. 배는 아플지언정 퇴사했을 거다. 이미 입사하며 선망했던 꿈은 깨진 지 오래였다. 해외 출장, 글로벌한 업무, 겉에서 보기엔 화려한 꿈의 실체를 가까이서 볼수록 허무했다. 껍데기만 있지 알맹이는 보이지 않았다. 바다 위에 떠있는 부표를 보며 한참을 헤엄쳐 갔더니 보이는 건 또 다시 넓은 바다일 뿐. 부표는 그저 둥둥 떠 있는 스티로폼 조각에 불과한 걸 알았을 때의 배신감과 비슷하다. 부표는 해변에서 출발하는 이를 위한, 혹은 한참 헤엄치고 있는 사람을 위한 것이지 막상 실체는 없었다. 언제까지 더 나은 직급과 연봉을 위해 헤엄만 칠 순 없었다.

마트료시카 인형을 하나씩 꺼낼 때마다 나올 다른 인형을 기대하듯이 회사생활을 해왔다. 입사한 지 5년이 지나서야 첫 번째 인형을 열었

다. 다시 4년을 기다려 '대리' 인형을 열면 그 안에 '과장' 인형이 기다리고 있다. 월급은 오르지만 싫은 일과 사람을 참아가야 얻을 수 있는 똑같이 생긴 인형 대신에, 수입은 줄더라도 다르게 생긴 인형을 가지고 싶어졌다. 여기까지 생각이 미치자 진심으로 친구들의 승승장구 소식을 축하해줄 수 있게 됐다. 더는 내 길이 아니니까. 잠시 부럽긴 했지만, 질투보단 기쁨이 컸다.

나도 파워블로거나 스타 유튜버가 되었으면

이미 퇴사한 지 2년이 훌쩍 지난 지금 회사는 과거의 준거집단이 됐을 뿐이다. 지금의 모집단은 퇴사를 하고 여행을 한 여행자 그룹이다. 이곳은 더 방대하며 비교 역시 쓰리긴 마찬가지다. 소위 '인플루언서'라고 하는 유명인들이 상대인데, 나 역시 그들의 팔로워 중 한 명이다. 상대가 안 된다는 거다. 그들의 기라성 같은 팔로워, 좋아요 개수, 조회수를 보면 나의 빈약한 계정이 초라해 보인다. 이왕 하는 블로그 나도 파워블로거가 됐으면 좋겠고, 스타 유튜버가 됐으면 좋겠지만 비교하면 끝도 없다. 여행을 하며 주위에 나를 비교하지 않기로 숱한 밤을 다짐했으면서 늘 원점이다.

나쁜 마음이 들 때면 요가를 한다

요가매트 위에 앉아 뻐근한 근육 하나하나에 집중하고 호흡을 깊게 하려 신경 쓰다 보면, 어느덧 비교하는 마음이 보글보글 사라진다. 그럴 때마다 생각한다.

(마시는 숨에) 그래 역시 요가만큼 좋은 게 없어.

(내쉬는 숨에) 요가는 잘하고 못하는 게 없듯 SNS 팔로워 수도, 승진도 비교해봤자 좋을 게 하등 없지.

(마시는 숨에) 암, 그렇고말고. 그런데 이 동작은 해도 해도 안 되는구나.

(내쉬는 숨에) 저 선생님은 허리가 잘도 꺾이는데, 내 허리는 도대체 왜 이렇게 굳고 살이 찐 건가.

(마시는 숨에) 저 선생님은 목소리가 참 좋네, 동작도 참 유연하게 잘하신다.

(내쉬는 숨에) 나의 뻣뻣한 상체와 골반은 언제쯤 유연해질까, 이런 내가 요가를 가르칠 수 있을까.

마음을 다스리려 요가를 하면서도 요가 선생님과 나를 비교하게 된다. 끝이 없는 비교의 굴레에서 헤어 나올 수가 없다. 뫼비우스의 띠처럼 부러움의 조각들은 쉬이 사라지지 않는다.

여행이 끝나도 바로 회사에 돌아가지 않는 우리를 혹자는 부러워할지 모르겠다. 개미처럼 일할 때 베짱이처럼 노는 것처럼 보이니 말이다. 사실 유튜브 영상을 올리면 하나씩은 눌리는 '싫어요'도 왠지 내가 아는 얼굴일 것 같단 생각을 종종 한다. 회사 욕을 하고 사회생활의 고충을 토로하며 동지애를 느끼던 연대가 깨지면 그럴 수 있으니까.

고백하건대 많은 걸 내려놓고 퇴사와 세계여행을 다녀왔어도 이렇게 비교의 늪에서 완전히 헤어 나오지 못했다. 인도에서 요가를 하고 전 세계를 돌아다니면 달라이 라마처럼 내면의 평화를 얻을 줄 알았지만, 나는 여전히 나다. 친구들의 승진 소식을 들을 때, 잘 나가는 사람들을 볼 때마다 비교하고 마음속에서 불이 난다. 그러니 부러워하지 말자. 나 역시 남이 부러워 발을 동동거릴 때마다 인생은 테트리스 같다는 말을 되새긴다. 테트리스 같은 인생에서 꼭 긴 일자막대(ㅣ)가 있어야 이기는 것은 아니다. ㅓㅗㄹㅁ 모양의 블록만 잘 쌓아도 벽돌을 부술 수 있다. 관성에 따라 회사생활을 하는 것도 그랬다. 나오라는 일자막대는 안 나오고 자꾸 쓸모없는 블록만 나오는 듯했지만, 긴 기역자 모양 막대가 나와 벽돌을 부수며 가끔 희열을 느낀 적도 있으니까. 물론 이에 만족하지 못한 나는 긴 일자막대 모양이 나오길 바라며 세계여행을 떠났다. 일자막대로 한 번에 부술 요량으로 그간 모아 놓은 돈을 소비하며 놀고 왔지만 아직은 나오지 않은 것 같다. 그냥 ㄱ으로 한 줄씩 격파할 걸 왜 한 번에 네 줄 다 부수겠다고 벽돌을 쌓았을까, 마음이 조급해질 때도 있다. 남들은 착실히 벽돌을 부숴서 두 줄밖에 안 남았는데, 내 앞엔 여섯 줄이 쌓여 있는 기분이다.

일자막대가 나오기 전이 가장 패색이 짙다. 그러다 일자막대를 내리꽂으면 한방에 전세 역전. 중요한 건 일자막대로 꽂을 수 있는 블록을 잘 쌓아 놓는 것이다. 결국에는 작금의 시간도 잘 쌓아 두는 것 역시 게임의 일환이라 생각하니 마음이 더없이 편해졌다. 비교하지 말고, 불안해하지도 말고. 원래 히어로(일자막대)는 막판에 등장하는 법이니까. 추월차선인 1차선으로 쌩하니 달려간 차도 몇 분 후 신호등 앞에서 결국은 만나게 되는 것처럼. 2차선에서 조금 천천히 가도 언젠가는 만나게 될 거다.

나이가
멋이 중헌디

"몇 살이세요?"

외국인들은 묻지도 않았고 관심도 없어 보였는데, 한국인들을 만나면 늘 같은 질문을 받았다. 여행한 지 일 년이 넘자 요일 감각은 물론 내 나이도 가물가물했다. 출근할 곳이 없으니 일요일 밤 월요일 아침이면 행복감이 수직 상승하곤 했지만, 이젠 오늘이 무슨 요일인지 봐야 알 정도다. 따라서 내 나이가 몇이냐는 질문을 받으면 5초는 생각해야 했다. 나이를 크게 인지하지 않고 생활하니 바로 대답이 튀어나오질 않았다. 내 나이가 몇이었더라?

나로 말할 것 같으면 그 누구보다 나이에 민감했던 사람이다. 스무 살 때부터 제목에 '서른'이 들어간 책을 찾아 읽으며 경각심을 가졌던 피곤한 사람이었다. 대학은 재수 없이 한 번에, 취업은 스물다섯 전에, 결혼은 서른 전에 해야 뒤처지지 않게 인생을 사는 거라 으레 여겼다. '여

자 나이는 12월 25일 이후부터 재고 처리되는 크리스마스 케이크 같아서 25살 이후부터는 값어치가 떨어진다.'는 망언으로 주위에서 불안하게 하는 통에 '이십 대에 꼭 해야 할 것들' 따위를 찾아봤다. 물론 실행은 거의 못했다.

삶의 과업을 대세에 맞게 처리하는 것이 성공한 인생의 기본 자격요건인 줄 알았다. 인생 계획에 의하면 서른셋엔 아이가 적어도 하나는 있어야 했다. 아무도 강요하지 않았는데 정해진 나이 안에 마쳐야 하는 경주에서 낙오되지 않으려 경쟁심에 불타오른 말처럼 살았다. 이 경주마는 스물여덟에 결혼까지 하고 안도했다. 그러나 이내 새로운 문제에 맞닥뜨렸다.

"아이는 언제?"

지극히 사적인 질문인데 사람들은 선을 너무 쉽게 넘었다. 할 말이 없어서겠지만 기저귀 값을 내줄 것도 아니면서 왜 그리들 물어보는 건가. 신혼을 즐기다 가질 예정이라고 대답하면 그러다 노산이라며 걱정을 가장한 잔소리를 건넸다. 우리는 아이를 굉장히 좋아하지만 지금은 아니었다. 경주는 이제 그만 하고 싶었다. 나의 노산을 걱정해주던 한국을 오백일 동안 떠나있으니, 서른셋의 나이도 그 어느 때보다 가볍게 느껴졌다.

5대륙 다양한 사람들과 부대껴보니 나는 아직 청춘이라는 당연한 진실과 마주했다. 어린 우리에게도 체력적으로 벅찼던 아프리카 여행에서 만난 네덜란드 톤 아저씨는 우리보다 텐트를 잘 치고 매일 무거운 짐도 솔선수범해서 내렸다. 강행군 일정에 대부분이 골골거릴 때도 그는 쌩쌩했다. 세 살 이상 차이 나는 동생들과 어떤 대화를 나눠야 할지 어려워하는 나와 달리 본인보다 서른 살 넘게 어린 우리와 스스럼없이 어울리는 아저씨. 기껏해야 50대 초반일 줄 알았는데 마지막 날에서야 그의 나이가 66세라는 사실을 알고 깜짝 놀랐다.

쿠바 아바나의 숙소에서 우리를 맞아준 호스트 데이지 아줌마는 더한 충격을 안겼다. 늘 나풀거리는 플레어스커트를 입고 꼿꼿하게 걷던 소녀 같은 아주머니는 한국 게스트들이 두고 간 한국어로 쓰인 스페인어 공부 책을 들고 다니며 한국어 공부를 하고 계셨다. 매일 맞이하는 손님에 청소와 직접 손빨래까지 하느라 바쁘다는 그녀는 무려 74세였다. 65세면 무료로 지하철을 탈 수 있는 '노인'으로 분류하는 한국 사회라는 우물 밖으로 나와 보니 우리는 아직 너무 어렸다.

긴 여행을 통해 비로소 나이를 가볍게 여기게 되었다. 나는 66세 톤 아저씨, 74세 데이지 아줌마의 절반만큼도 살지 않았다. 막상 지내보니 서른은 별것도 아닌데 왜 그리 겁을 주는 건지. 드라마 「내 이름은 김삼순」에서 노처녀라고 구박받던 삼순이가 서른이었다. 겨우 서른밖에 안 됐는데 불과 십여 년 전에는 노처녀로 불리던 때도 있었다. 밤 10시면 피곤하고, 한 끼만 굶어도 살이 빠지던 활발한 신진대사는 장염으로 이틀을 앓아도 몸무게가 줄지 않을 정도로 느려졌고, 몇 시간이 지나도 베개 자국이 얼굴에서 사라지지 않지만 나는 삼십 대가 훨씬 좋다. 여행을 하기 전에는 '벌써 삼십대'였다면 여행 후에는 '겨우 삼십대' 쪽으로 기울었다.

작년 12월 31일 92년생 동생들의 피드에 '서른ㅠㅠ' 류의 글이 주르륵 올라왔다. 스크롤을 내리며 예전의 나를 보는 것 같아 절로 미소가 지어졌다. 언니 말 들어봐, 진짜 삼십대 좋다니까? 아직 삼십하고 세 살밖에 더 살지 않았지만, 나는 어린 내 나이가 좋다. 여행을 통해 만난 사람들은 나이를 가벼이 여긴 덕에 직업을 휙휙 바꿨고, 이 나라에서 저 나라로 쉽게도 삶의 터전을 옮겼다. 동생들을 보면서 아직 어린데 세상 끝난 사람마냥 한숨을 푹푹 쉬던 설레발을 내던질 수 있게 됐다. 나는 여든 살에도 미니스커트를 입고 해변에서 비키니를 입고서 물구나무서기를 하는 할머니가 되고 싶다.

가끔 나의 여행기에 '30대였다면 떠났을 텐데'라고 댓글을 남겨준 분들이 있다. 나 역시 40대였다면 선택을 내리는 데 더 많은 시간과 고민을 들였을 것이다. 하지만 길 위에서 만난 여행 동지 중에 40대 혹은 50, 60대도 꽤 많다면 용기를 내는 데 조금이나마 도움이 될까? 서로 다른 층위의 고민을 할지라도 여행자들은 20대부터 60대까지 모두 '오늘 뭐 먹지?', '오늘은 어디서 자야 하지?' 같은 철저히 의식주에 맞춰진 생각을 하고 있다. 마음을 어떻게 먹느냐에 따라 나이는 정말 숫자에 불과하다.

개같이
살고 싶다

여행을 하며 우리 부부는 강아지를 좋아한다는 걸 알게 됐다. 한 번도 반려동물을 키워본 경험이 없었지만, 여행을 떠나기 전부터 동네 단골 카페 사장님의 반려견인 목동이 덕분에 사모예드에 특별한 애정을 품고 있었다. 퇴사를 하고서는 목동이를 보러 거의 매일 카페에 출근 도장을 찍다시피 했다. 그때 처음 알게 된 사모예드와 사랑에 빠진 우리는 시카고를 여행하던 열흘간 사모예드의 펫시터를 하게 되었다. 시카고에서의 펫시팅(pet sitting)은 여행경비를 줄여주는 것 이상의 의미가 우리에게 있었다. 말하자면 사전 모의고사랄까. 여행을 마치고 한국에 돌아가면 마당이 넓은 집에서 사모예드를 키우면 좋겠다는 새로운 꿈이 추가됐다.

'석민&새미, 조조와 테오 펫시팅을 지원해줘서 고마워. 혹시 이번 주말에 스카이프로 이야기를 나눠보고 싶은데 가능할까?'

시카고에 있는 아만다에게서 위와 같은 메시지가 왔을 때, 우리는 뉴

욕 브루클린의 숙소 거실에서 방방 뛰며 기뻐했다. 실제로 면접을 보자
는 연락이 올 거라고 큰 기대를 하지 않았기 때문이었다. 세계여행을 떠
나기 전 만났던 선배 여행자인 제제미미 부부와 인터뷰할 때의 일이다.
여러 가지 재밌는 에피소드 중에서 우리의 귀를 사로잡았던 건 그들이
호주에서 강아지를 돌봐주며 한 달 동안 으리으리한 저택에서 공짜로 지
냈다는 이야기였다. 집이 너무 커서 차를 타고 정문을 지나야 집에 도착
할 수 있을 정도였다고. 그 이야기를 듣자마자 이거다 싶었다. 여행경비
를 아낄 수 있는 건 물론, 늘 키워보고 싶던 강아지와 짧게나마 같이 살
아보는 경험을 할 수 있기 때문이었다. 그들이 알려준 사이트의 이름은

'Trusted House Sitter'(굳이 번역하자면 '믿을 수 있는 집 돌보미' 정도 되겠다.) 집을 비우고 여행을 가는 집주인의 반려동물과 집을 돌봐주는 대신 무료로 집에서 지낼 여행자들을 연결해주는 플랫폼이다. 돌보미를 구하는 지역은 대부분 미국, 호주, 유럽 일부 국가에 집중되어 있었기 때문에, 아시아를 시작으로 여행을 출발하는 우리는 나중에 기회가 되면 지원해보기로 하고 존재 자체를 잊고 여행을 하고 있었다.

그러다 아프리카 여행을 마치고 미국에 와서 비싼 물가에 숨통이 턱 막힐 때 즈음 잊고 있었던 그 서비스가 생각이 났다. 사이트에 가입하기 위해선 한화로 십만 원가량을 내야 했고, 마치 기업에 입사하기 위해 자기소개서를 쓰듯이 상세하게 프로필을 작성해야 하는 번거로움이 있었다. 하지만 돈 백만 원을 아끼게 생겼는데 그쯤이야. (시카고 숙박비는 가히 살인적이었다. 공용 욕실에 방 한 칸을 빌리는 데도 하루에 15만 원에 육박했다.) 취준생이 기업을 분석하고 자기소개서를 쓰듯이 다른 지원자들의 프로필을 분석하고 우리를 증명해 보일 에어비앤비 후기와 SNS 모든 페이지를 긁어와 뚝딱뚝딱 하루 만에 프로필을 완성했다. 그러고선 시카고에서 열흘 동안 귀여운 사모예드와 폼스키(포메라니안과 허스키의 교배종)를 돌볼 수 있는 기회에 지원했다. 물론 사모예드 주인의 눈길을 사로잡도록 프로필은 목동이와 함께 찍은 사진으로 올리는 치밀함을 발휘했다.

지원을 하며 찾아본 정보는 매우 한정적이었고(이 사이트를 알고 있는 한국인조차 많지 않은 듯했다), 면접 과정에 대한 정보는 더욱 찾기 어려웠다. 돌보미로 선발되기 위해서는 경쟁(대략 한 공고에 4~7명 정도의 지원자가 있었다)을 해야 하는데 외국인인데다 경험이 없어 사이트에 후기가 없는 지원자의 경우에는 인터뷰 대상자로 선발되기는커녕 답장을 받는 일도 잘 없다고 했다. 취업을 위해선 인턴십 경험이 필요한데, 인턴을 하려면 그전에 다른 인턴십이 있어야 하는 막막한 경우랄까. 하지만 우리는 초심자의 행운 덕인지 처음 지원한 데서 바로 화상 면접을 보자는 답장을 받게 되었으니 방방 뛸 수밖에. 인터뷰 날짜가 정해지자 예상 질문도 생각해보고 답변도 정리해보았지만, 반려견을 키워 본 경험이 없는 데다 영어로 진행되는 인터뷰라 살짝 긴장되었다. 남편과는 어차피 안 될 가능성이 매우 크니 너무 긴장하지 말고 편하게 이야기하자고 결의를 다졌다.

9월 첫째 주 토요일 아침 열 시. 거실에 앉아 노트북을 켜 두고 전화를 기다리고 있었다. 마치 회사에서 외국 직원들과 화상회의를 앞둔 듯 긴장감이 맴돌았다. 전화가 안 올 수도 있으니 너무 긴장하지 말자며 지레 위로를 하던 그때, 노트북으로 연결해둔 스카이프에 전화벨 표시가 떴다. 진짜로 전화가 온 것이다.

떨리는 마음으로 통화 수락 버튼을 누르자 노트북 화면 전체에 아만다와 라이언 부부의 모습이 나타났다. 인터뷰는 오랜만에 만난 친구들과 안부 인사를 주고받듯이 편하게 진행됐다. 결혼한 지 2년 된 부부인 그들은 9월 말에 열흘 동안 아르헨티나로 여행을 간다고 했다. 그동안 자신들의 집과 강아지들을 돌봐줄 수 있는 돌보미를 찾고 있다고. 우리가 웹사이트에 올려둔 프로필 사진에 조조와 같은 종인 사모예드 목동이와 함께 찍은 사진을 보고 우리에게 연락하게 되었다고 했다. (역시 나의 계략은 적중했다.) 서로의 궁금증이 어느 정도 해결되어가던 때에 아만다가 우리에게 시카고에 언제 올 수 있냐고 물었다. 시카고로 향하는 비

행기 티켓을 아직 사지 않았던 터라 우리를 필요로 하는 날짜에 맞추어 들어갈 수 있다고 하자, 그러면 본인들이 여행을 떠나기 하루 전날 집에 와서 강아지들과 친해지는 오리엔테이션을 하면 어떻겠냐고 했다. 잠깐만, 우리 합격한 건가?

그렇다. 열흘 동안 시카고에서 살 집과 할 일이 생긴 것이다. 시카고에 머물 집이 생겼다는 사실이, 너무나 귀엽고 사랑스러운 강아지들을 돌볼 수 있다는 사실이 실감 나지 않았다. 자꾸만 우리는 자꾸만 올라가는 입꼬리를 최대한 내리며 태연한 척 통화를 마쳤다. 통화 종료 버튼을 누르자마자 우리는 환호성을 내질렀다. 연락도 오지 않을 거라 생각했던 기회가 현실이 됨에 기뻐했다. (그때만 해도 하우스&펫시터의 일이 꽤나 고되고 힘들 줄은 꿈에도 모른 채 말이다.)

한 달 후 우리는 신나는 마음으로 시카고에 입성했다. 시카고 부촌에 있던 집은 좋았고 아이들도 사랑스러웠지만, 강아지를 한 번도 키워본 적 없는 왕초보인 덕분에 첫날부터 고생을 많이 했다. 결국 사모예드 조조가 산책 중에 닭뼈를 먹는 사고가 발생했다. 잠시 한눈을 판 사이 거리에 버려진 닭뼈를 물더니 세 번 만에 씹어 삼켜 버렸다. 내내 괜찮아 보였는데 자정이 되어 잠들 때쯤부터 숨을 헐떡이며 불편해 보이기 시작했다. 혹여나 건강에 이상이 생겼을까 걱정돼 다음날 아침에 바로 동물병원에 가야 할 것 같았다. 남편은 밤새 뜬 눈으로 영어로 증상을 설명할 방법을 공부하고 불편해 보이는 조조를 지켜보았다. (이 와중에 나는 잠이 들어버렸다. 미안하다 조조….) 만약 큰 수술을 해야 한다면 비용은 어떡하지? 여기는 의료보험은커녕 의료비 비싸기로 소문난 미국인데. 조조가 잘못되면 아만다와 라이언은 우리에게 소송을 걸까? 소송비용은 얼마일까? 미국 법정 드라마 「SUIT」를 재밌게 보던 때가 좋았구나…. 끝도 없는 걱정이 꼬리에 꼬리를 물었다. 생명을 돌본다는 막중한 책임감의 무게는 잘 모른 채 시카고에 머물 집이 생겼다는 사실에만 좋아했던 순진한 순간을 돌이켜보며 자책했다. 다행히 35킬로그램의 상남자견 조조는 혼자서 위기를 극복하고 원래의 발랄함을 되찾았다. (3일 동안 매번 그의 대변을 손으로 만져가며 닭뼈의 흔적을 찾았고, 다행히 닭뼈는 조각난 채 배설됐다.)

그렇게 스물네 시간 동안 강아지 두 마리와 동고동락하다보니 '개팔자 상팔자'라는 어구가 절로 떠올랐다. 여행 중 일상을 돌이켜보면 우리도 그들과 크게 다를 게 없이 개 같은 하루를 보내고 있었다. 산책하는 것 말고 중요한 게 없던 백수의 하루는 단순했다. 아침에 일어나 산책을 하고 돌아와 밥을 먹고, 드라마를 보고, 다시 점심 산책을 다녀와 콕 박혀 책을 읽었다. 그러다 졸리면 낮잠도 자는 그런 일상의 반복. 강아지들과 똑같은 생활 패턴으로 개처럼 지냈다. 한국에 돌아와서는 그 정도로 퍼져있진 않지만, 회사에 가지 않으니 여전히 여유롭다. 앞으로도 지금같이 개처럼 살고 싶다.

사실 개 같은 하루는 굉장히 사치스럽다. 먹고 (싸고), 걷고 냄새 맡고, 다시 밥 먹고 자고 끝. 백수가 아니면 쉽게 영위할 수 없는 평온한 시간인데 왜 일진이 사납다는 뜻으로 쓰이게 됐을까. 이렇게 좋은데! 생각해보면 '개 같네' '개새끼' 등 안 좋은 욕에는 죄다 개가 붙어있다. 희한하게 최상급 표현에도 어김없이 '개'가 붙는다. '(개)피곤해.' '(개)졸려.' '그 옷 (개)구려.' 여전히 습관적으로 나 역시 '개'를 남발하고 있었다. 이제는 의식적으로 말할 때 개를 덜 찾으려 한다. 이렇게 귀여운 친구들을 욕으로 쓰다니 참으로 안타까운 언어의 쓰임이 아닐 수 없다. 개 같은 여행을 마치고 시카고를 떠나는 날, 양 손 가득 가방을 들고 떠나는 우리를 보고 조조와 테오는 슬프게 짖었다. (우리만 그렇게 느낀 걸까.) 아이들을 떼놓고 가는 발걸음이 무거웠지만, 둘은 금세 우리를 잊고 주인과 행복한 시간을 보내겠지. 개 같은 하루를 열흘이나 보내며 돈을 주고도 못할 소중한 경험을 했던 시카고. 언젠가 강아지들을 보러 꼭 시카고에 돌아가고 싶다. 그리고 앞으로는 '개'가 들어간 욕은 삼가야겠다.

한국에 돌아온 지금은 개는커녕 우리 둘을 건사하기도 벅차다. 특히 대형견 사모예드를 키우려면 우선 우리 둘만 지내는 (넓은) 공간이 필요한데, 독립하려면 안정적인 수입이 필요하다. 무엇보다 거처를 정하려면 재취업 여부를 정해야 한다. 한국에 온 지 일 년이 다 돼가는 지금도 모호하다. 아무래도 올해는 그른 것 같다. 내년 겨울에는 꼭 우리만의 공간에서 사모예드 집사가 되어 개 같은 하루를 영위하고 싶다.

'왜'가 아니라
'무엇을' 할지
고민해야

여기 돈도 없지만 취직도 하고 싶지 않은 두 사람이 있다. 여행을 다녀와도 크게 달라지는 건 없다고, 사람은 쉽게 바뀌지 않는다고 여행 선배들은 입을 모아 말했다. 역시나 나가보니 회사만 다닌 내 눈에 인생을 역전시킬 사업 아이템은 쉬이 보이지 않았다. 하지만 외국 한량들을 관찰한 시간들은 회사 밖에서 어떻게 먹고 살지 힌트가 되어주었다. 이곳저곳을 다녀보니 월급이 전부가 아니었다. 세상엔 승진, 이직 말고도 중요한 키워드가 너무 많았다. 별다른 기술도, 전문 자격증도 없는데 회사를 그만두고 어떻게 돈을 벌지 고민할 시간에 무엇이든 하면 새로운 삶이 펼쳐진다는 걸 여행하며 만난 친구들이 보여주었다.

세계여행 첫 국가였던 태국 치앙마이에서 한 달 살기를 하며 단골이 된 카페가 있었다. 광고회사에서 치열하게 일하다가 방콕 생활을 접고, 치앙마이에서도 3시간을 달려야 나오는 시골마을 빠이(Pai)에 카페를 열었던 부부의 공간이었다. 사람이 너무 많아져 다시 치앙마이로 돌아와 멋진 카페를 차렸다. 여행하는 내내 한글 종이책을 읽고 싶었는데 반갑게도 두 권의 한국 책이 있어 자주 갔다. 빠이 사람들을 인터뷰한 책 속에서 나의 '수많은 질문'에 대한 '하나의 대답'을 들었다. 카페 주인들처럼 광고회사에서 일하다 게스트하우스 주인이자 거리의 화가가 된 한 분은 이렇게 말했다.

"광고 일을 계속했다면 이 세상이 얼마나 아름다운지, 세상에는 얼마나 많은 것들로 이루어져 있는지 몰랐을 거야. 알았더라도 그저 머리로만 알고 가슴 깊이 느끼진 못했을 거야. 물론 경제적으로 어려운 적이 한두 번이 아니었지. 하지만 그러면서 난 인생을 배워 나갔어. 언제든지 새로운 삶을 시작할 수 있다는 자신감. 이게 내 재산 목록 1호야. (중략) 질문만 하지 말고, 뭐든지 시도하면 되는데. 인생은 '어떻게 할까'가 아니라 '무엇을 할까'에 달려 있어. 무엇을 할지를 결정하고 한 걸음 한 걸음 나가면 돼."

– 이민우 『굿빠이 여행자 마을』 (북노마드, 2010)

'왜' 이렇게 인생이 재미없는지 자문할 시간에 '무엇을' 하면 재미있게 살 수 있을지를 찾는 것. 이유가 아니라 방법을, 질문을 바꿔보는 것이 비결이었다.

놀면서 돈 버는 사람들

뉴욕 브루클린에서 두 뉴요커의 공간에서 일주일을 머물렀다. 호스트는 자신이 여행 가는 날마다 방을 에어비앤비에 내어놓고 방세를 충당하고, 그의 룸메이트 오마르는 교회에서 알코올을 한 방울도 섭취하지 않은 채 신나게 춤만 추다 가는 파티를 열고 있었다. 늦게까지 드라마를 보다 자는지 오후 한 시는 되어야 일어나던 그는 요가와 채식을 하며 밤에는 파티를 열었다. 저렇게 해서 이 비싼 뉴욕 집값을 어떻게 감당하는지 궁금했지만, 그의 평온한 얼굴을 보면 파티만으로 생활이 가능한 듯 보였다. 내키면 훌쩍 짐을 싸 여행을 떠난 자유로운 영혼 오마르 덕분에 개인실을 빌렸지만 독채를 쓰는 행운을 얻기도 했다.

터키 이스탄불 에어비앤비 호스트 아슬리 역시 요가를 하는 시간을 제외하고는 내내 집에서 고양이 두 마리를 돌보며 드라마를 보는 한량이었다. 우리가 체크인 하던 날 여행 중이라 대신 도와주러 온 그녀의 친구 말에 의하면 직업이 화가라는데, 8일 동안 그림 그리는 모습은 단 한 번도 보지 못했다. 아무튼 바다가 보이는 복층 집을 가지고 있었으니, 우리 같은 게스트에게 빈 방을 내어주는 돈으로 생활비는 충분히 벌 것이다.

이탈리아 바리에서 지낸 집 주인은 비가 (많이) 오는 날도 마라톤을 하는 열혈 런닝맨이었다. 방에는 마라톤 메달이 수도 없이 많았다. 월요일 아침 방문 너머로 요란한 게임 속 칼질 소리가 들리는 걸 보아하니 우리 못지않은 한량 같았다. 달리고 게임하는 생활이라니. 저 양반은 저렇게 놀기만 해서 돈은 어떻게 벌까, 백수 주제에 걱정했다. 마지막 날 인사를 하며 알고 보니 우리가 머물던 숙소 외에 3개를 더 에어비앤비로 돌리고

있었다. 그는 (집)주(인)님이었던 것이다. 역시 남 걱정은 하등 쓸모없다고 누가 누구를 걱정한 건지.

그런가 하면 인도 우다이푸르 숙소 사장 악쉐는 30대 초반에 월수입이 무려 12,000달러라고 했다. (인도 물가로 환산하면 입이 떡 벌어질 정도다.) 재산이라고는 7대째 물려온 낡은 건물이 전부였던 그는 돈이 없어 아홉 살에는 기찻길에서 동전을 줍고 다녔다 했다. 대학은 고사하고 학교에서도 영어를 배우기 힘들어 외국인들을 따라다니며 배웠다는 그의 회화 실력은 수준급이었다. 결국 건물을 세련되게 고쳐 비싼 숙박비를 받고 운영하며 자수성가를 하게 됐다고. (1박에 무려 7만 원 정도였다. 인도 물가로 이 정도면 5성급 호텔도 갈 수 있다.)

이탈리아 토리노에서 만난 스테파노 역시 부모님이 이혼하며 떠나 남게 된 산등성이에 있는 주택 한 채를 꾸며 에어비앤비를 운영하고 있었다. 호텔에서 6년간 퍼스트 디쉬(first dish) 셰프로 일했던 그는 하루에 에스프레소 12잔을 마셔가며 일하느라 불면증을 달고 살았다 했다. 크리스마스, 연말처럼 남들 다 쉬는 날에는 일이 더 많아 쉬지 못했다고. 자신을 더 이상 소모시키지 않기 위해 일을 그만두고 마당에서 텃밭을 일궈 자신을 위한 요리를 하고, 방 두 칸을 에어비앤비로 운영하는 슈퍼 호스트가 되었다. 일본인 여자 친구와 결혼을 하고 일본으로 이민을 갈 거라는 결단력 있는 이탈리아노는 이미 일본에 가서 본인이 일할 수 있는 곳들을 답사한 상태였다. 겨울엔 스키 강사, 여름엔 영어 강사, 이것들이 여의치 않으면 레스토랑 셰프로 일하거나 텃밭을 일군 경력으로 유기농 농작물을 레스토랑에 납품할 계획이라고 했다.

자신이 원하는 곳에 나를 온전히 내려놓을 수 있는 삶. 인생은 객관식

보기 중에 하나를 선택하는 게 아니라 내가 쓰는 대로 답이 되는 주관식이라는 것. 뭐든 할 수 있다는 자신감만 있다면 새로운 삶을 시작할 수 있는 가능성을 그들에게 찾았다. 하고 싶은 것만 하며 사는 한량처럼 보였던 각국의 에어비앤비 호스트들을 보며 돈은 회사에서 받는 것만이 전부가 아님을 깨우쳤다. 하루 종일 게임을 하고 드라마만 보며 노는 것 같아 보여도 숙박 사이트에 본인 집 사진을 찍어 올리고 글을 등록하는 과정을 거친 자들이다. 낡은 숙소를 리모델링하고 우리 같은 외국인이 볼 수 있게 영어로 올린 일련의 과정이 있었기에 인도에서 미국인만큼 벌게 된 것이다. 슈퍼호스트의 시작은 내 공간을 사이트에 올리는 것부터 시작된다. 결국 돈은 없어도 취업은 하고 싶지 않은 한갓진 생활을 유지하는 비법은 뭐든 하는 것이다. 무엇을 할지 결정하고 한 걸음 나아가는 것.

> 여행부터 그랬다. 세계여행을 하는 게 모두에게 정답은 아니고, 세계여행을 한다고 답을 찾는 것도 아니다. 중요한 건 내 삶을 변화시키기 위해 '왜'만 고민할 것이 아니라, '무엇'을 할지 고민하는 거다.
> 우리는 그 무엇으로 '여행'을 택했고, 여행에서도 요가와 운동, 글쓰기를 하고 있다. 그렇게 한 걸음 한 걸음 나아가다 어느 순간 뒤돌아보면 내가 걸어온 과정이 또 하나의 길이 되어 있을 거라 믿는다.
> – 세계여행 40일차에 남편이 쓴 일기

그가 40일차에 느낀 것은 2년이 넘게 지난 지금까지 우리의 화두다.

여행이 끝나고 회사로 돌아가는 대신 매일 온라인에 판매할 제품을 올리고 영상을 만들어 유튜브에 올린다. 책이 될 미래를 꿈꾸며 몇 문장이라도 글을 썼다. 회사로 돌아가지 않고 어떻게 살지 고민만 하는 시간에는 백지장 한 장도 움직일 수 없다. 무엇이든 해야 그 다음 단계로 나갈 수 있다. 여러 가지 일을 하며 회사에서 받던 월급만큼 벌고 싶다면 씨앗을 뿌려야 한다. 이것이 여행하며 만난 돈을 버는 한량들처럼 여유로운 삶을 영위할 수 있는 비책이었다.

삽질만 하다 끝날지도 모른다. 하지만 씨앗을 뿌리고 물을 주면 싹이 하나둘 필 것이다. 그러다보면 언젠가는 우리가 만난 외국인 친구들처럼 회사에 다니지 않고도 잘 지낼 날이 올 거다. 그러니 어떻게 살아야 할지 고민될 때에는 아무 일이나 시작해봐야겠다. 아무 노래나 일단 틀라던 노래 가사처럼.

여행하면서
둘이 안 싸웠어?

"여행하면서 둘이 안 싸웠어?"

여행을 다녀와 만나는 사람들마다 부부끼리 여행을 하면 싸우지 않았냐는 질문을 한다.

"어디가 제일 좋았어?", "얼마 썼어?" 다음으로 자주 받는 질문이다.

"거의 안 싸워. 가끔 티격태격하긴 하는데 금방 화해해서 괜찮았어."

5개월간 아시아 여행을 하고 잠시 한국에 들어왔을 땐 이렇게 말했다.

그런데 500일의 여행이 끝나고 난 지금은 이렇게 말한다.

"엄청 싸웠지. 그래도 싸우고 바로 화해해서 괜찮았어."

'인생이 꽃이라면 사랑은 그 안의 꿀이다.'

미국 LA를 여행할 때 신호가 걸려 하릴없이 차창 밖을 바라보다가 이

문구를 발견했다. 책도 아닌 길가에 있는 큰 광고판에 쓰여 있던 문구였다. 무엇을 광고하려고 이렇게 달콤한 문장을 썼을지는 안중에 없고, 식상하지만 아름다운 문구에 마음이 동했다. LA에 있을 때는 결혼한 지만 3년이 갓 지난 때였다.

연애 2년, 신혼생활 2년을 더해 여행을 떠나기 전 4년 동안 우리는 거의 단 한 번도 싸우지 않았다. 실로 꽃 같은 인생에 꿀 같은 사랑이었다. 결혼 준비과정부터 많이들 싸운다던데 부부가 되어 신혼집에서 요리를 할 때 계란으로 티격태격한 적을 제외하고는 결혼 전에도 다툼이 없었다.

"계란 프라이는 지금 뒤집어야 해."

"아니거든? 조금 더 익히고 뒤집어야 해!"

각자 삼십 년 동안 살아온 가풍과 어머니의 살림 방법이 달라 몇 번 투닥거린 것 빼고는 말이다. 모두 사소해서 기억이 나지 않을 만큼의 시답지 않은 주제였다. 여행을 준비하고 퇴사를 하고 떠나왔을 때까지 우리는 어쩜 이렇게 잘 맞을 수 있는지 자주 감사했다.

그랬던 우리가 길 위에서 드디어(?) 다투기 시작했다. 한 번 열린 싸움의 포문은 여행이 끝나고 한국에 와서도 닫히지 않았다. 세계여행 초반에는 매일 아침을 먹을 때마다 행복했다. 사랑하는 사람과 마주 앉아 천천히 아침을 양껏 먹을 수 있는 시간이 꿈만 같았다. 부은 얼굴로 시리얼을 급하게 말아먹고, 심지어 출근 시간이 맞지 않아 따로 아침을 먹은 적도 많은 우리였다. 저녁 역시 각자의 일과를 마치고 와서 따로 먹은 날도 많았기에, 삼시세끼를 함께 먹고 24시간 붙어있는 것 자체가 좋았다.

그런데 우리는 왜 싸웠을까. 많은 싸움이 그러하듯 다툼은 기억이 나

퇴사 전보다
불안하지
않습니다

지 않을 정도로 사소한 소재에서 시작한다. 계란 프라이부터 말투까지. 보통은 이동하는 날 무거운 배낭을 메고 체력이 바닥을 치던 날 싸움이 벌어졌다. 평소 배가 부르고 몸이 편했을 때면 그냥 지나쳤을 사소한 말투에도 가뜩이나 배고프고 기운이 바닥으로 치닫고 있을 땐 기분이 확 상했다. 분명 같은 지도를 보고 있는데, 서로 가리키는 방향은 왜 늘 다른 건지.

"거기 아니야. 오른쪽으로 가야 돼."(티격)

"아닌데? 왼쪽이거든?!"(태격)

"말투가 왜 그래?! 너만 힘들어? 나도 힘들다고!"(폭발)

우리는 여행을 일 년쯤 했던 미국에서 가장 자주 부딪혔다. 미국에서 일 년 살아봤던 남편이었고, 나는 고작 일주일 여행만 했을 뿐이었다.

"마, 미국에서는 이렇게 하는 거야."

내 눈엔 약간 사대주의로 젖어있는 듯했던 그는 자꾸 나의 행동에 훈수를 두었다. '거 참, 조금 살아봤다고 되게 아는 척하네.' 그가 잘난 척을 할 때마다 속에서 악마의 속삭임이 증폭되었다. 그러다 결국 아는 건 없지만 고집 센 나는 뉴욕 소호 길거리 한복판에서 폭발했다. 무엇이 불을 지폈는지 소재는 기억나지 않는 걸 보니 분명 사소했을 테다. 잘난 척 좀 그만하라고, 필터 없이 말을 쏟아냈다.

그 후로 상대의 행동이 마음에 들지 않으면 가차 없는 폭격이 이어졌다. 의견이 맞지 않을 때 혼자 화가 나서 휘적휘적 걷는 그가 얄미웠다. 그렇게 잘났으면 혼자 가시던가, 하고 싶지만 길눈이 어둡고 유심 칩도 사지 않아 데이터가 없어 지도 앱을 켤 수 없는 나는 그의 뒤를 졸졸 따라갈 수밖에 없었다. 그럴 때마다 달려가 뒤통수를 한 대 때리고 싶다는 생각도 몇 번 했다.

미국을 떠나 미지의 세계 중남미에 오자 잠시 싸움이 소강상태가 되었다. 그러다 길거리에서 들려오는 스페인어가 익숙해질 무렵 다시 또 다투기 시작했다. 처음으로 그가 이런 말을 했다.

"아, 진짜 안 맞아."

금기어였지만 맞는 말이었다. 여행이 일 년이 넘어가고 이젠 내 옆에 그가 없는 것을 상상하기 힘들 만큼 붙어있어 보니 우린 참 다르다는 생각을 자주 했다. 세상에서 제일 잘 맞는다고 생각했는데 아니었다. 우린 달라도 많이 달랐다. 영화를 봐도 남편은 액션을 좋아하지만, 나는 총과 칼이 나오는 영화는 거르고 본다. 그는 계획을 세우고 꾸준하게 지키는 생활 패턴에서, 나는 무질서함에서 더 안정을 느끼는 사람이었다. 그는 비행기를 타기 위해 3시간 전에 공항에 도착해 기다리는 편을 선호하는 반면, 나는 숙소에서 더 쉬다 2시간 전에 공항에 딱 맞춰 도착하는 사람이었다. 다음날 도시 이동을 하거나 신경 쓰이는 일이 있으면 밤에 잠을 편히 못 자는 예민한 그와 달리, 나는 무모할 정도로 태평한 스타일이었다.

여행을 하기 전에는 그저 잘 맞는 줄만 알았지만 오산이었다. 이렇게 다른 우리가 오백일 동안 스물 네 시간을 붙어있었다. 치앙마이에서 그가 헬스장에 갔던 몇 번을 제외하고는 모든 시간을 함께 했다. 여행하면 자기만의 공간이 없어서 불편하지 않았냐는 질문도 많이 받았다. 싸우고 바로 화해하면 불편할 게 없었다. 우리는 자주 부딪혔지만 '나 한국 먼저 갈 거야!' 같은 극한 상황으로 치닫진 않았다.

지금 아무렇지 않게 부부의 싸움에 대해 말할 수 있는 건, 날 선 채로 평행선을 달리다가도 곧바로 화해를 했기 때문이다. 이역만리 타지에서 의지할 건 둘뿐이라 재빠른 사과만이 살 길이었다. (대부분 먼저 화해를 청하는 것은 현명한 그의 몫이었다.) 사실 사랑하는 사이에서 누가 이기고 지는 게 뭐 그리 중요한가. 기억나지도 않는 별것으로 싸우기엔 사랑할 시간도 부족하다. (그런데도 먼저 미안하다는 말을 건네는 건 정말 어려운 일이다.)

나는 자주 싸우고 화해하는 지금이 더 좋다. 오히려 싸움 없이 웃으며 지냈던 신혼생활보다 주관을 뚜렷이 전달하고 싫은 건 함께 대화로 풀며 맞춰 나가는 지금이 훨씬 건강하게 느껴진다. 싸우지 않았던 날들이 가식적으로 느껴질 때도 있다. 기본 카메라가 아닌 필터를 씌우고 찍은 느낌이랄까. 사람은 바뀌지 않는다지만 적어도 한 사람에게 맞춰 고치려는 노력을 하며 서로에게 맞춰진 지금이 편하다. 이제는 눈빛만 봐도 입모양만 봐도 무슨 생각을 하는지 알 수 있을 정도가 됐다. 한국에 돌아오니 밥 먹듯 의사결정을 해야 했던 여행에 비해 십분의 일 수준으로 싸움이 줄었다.

자주 다투고 그만큼 화해하며 10년차 부부 이상의 친밀함과 전우애가 생겼다. 함께 붙어있는 시간만 따지면 20년차 부부도 저리가라다. 여행을 떠나기 전에는 남편을 가장 친한 친구라고 생각했다. 여행을 다녀온 지금은 절친 이상의 동지 같다. 죽을 때까지 우려먹을 수 있는 추억을 쌓으며 못 볼 꼴, 싫은 꼴 다 본 사이. 서로 무엇을 원하는지 너무 잘 아니까, 서로를 믿고 회사에 돌아가지 않기로 결정할 수 있었다. 백수 3년차, 여전히 한 공간에서 부대끼며 놀고 일하며 지낸다. 이제는 싸울 일도 별로 없다. 전우여, 남은 인생도 재밌게 잘 살아보자.

스타트업 창업

제제미미

『시작은 언제나 옳다』의 저자이자 스타트업 '제제미미'를 창업 후, 구글 플레이 선정 '2020 올해를 빛낸 숨은 보석 앱 최우수상'을 수상한 아기 성장기록 플랫폼 '쑥쑥찰칵' 운영 중.
SK텔레콤 입사동기 부부. 회사는 만족스러웠지만 하고 싶은 것이 너무 많아 회사를 다니며 시간과 체력의 한계에 부딪혔다. 세계여행을 다녀온 건 2016년, 디지털 노마드로 일하며 1년간 여행을 했다. 신혼집에 남는 방 하나를 에어비앤비로 운영한 걸 시작으로 지금은 창업 외로 에어비앤비 앰베서더, 셰어하우스 운영 및 사진작가, 강사로도 활동 중이다.

1. 세계여행 다녀온 지 4년이 지났네요. 그동안 어떻게 지내셨어요?

그 사이에 아이 둘이 생겼고, 스타트업도 창업해 운영 중입니다. 4년 동안 지금껏 모두가 가지 않는 길로 가도 괜찮다는 걸 증명하기 위한 실험 중입니다. 회사원일 때보다 수입은 괜찮아요. 그런데 언제 어떻게 될지 모르는 변수가 있죠. 하고 있는 일을 분산시켜 두었으나 코로나19 영향권에 있는 일들이 많아, 현재는 코로나에 지장 없는 사업에 집중하고 있어요.
그리고 여행자에게 달리는 고정 악플 중 하나가 아이가 없으니 가능하다는 거예요. 그런데 아이가 생겨보니 똑같아요. 첫아이 5개월 때 호주에서 한 달 여행도 했어요. 아이는 비행기도 잘 타고 여행도 잘해줬어요. 둘째아이가 좀 더 크면 더욱 자주 다닐 예정입니다. 아프리카는 아이들과 같이 가려고 아껴 두었고, 남미는 너무 좋아서 아이들과 함께 다시 가고 싶어요.

2. 지금은 어떤 일을 하시나요?

아기 성장기록 플랫폼 '쑥쑥찰칵' 앱을 개발해 창업에 거의 몰두하고 있습니다. 2019년 7월에 시작해서 이제 1년 반 정도 됐어요. 에어비앤비에 집중하다가, 코로나 이후에는 업종을 바꿔 셰어하우스로 변경해 운영 중입니다. 원래 하던 강의도 가끔씩 하고, 사진과 영상 촬영도 합니다. 계속 어플 개발을 해왔기에 프리랜서로 기획 일도 했어요.

회사 대신 창업

입사 5년차에 퇴사했는데, 이미 퇴사한 지도 5년차가 됐네요. 첫아이를 갖고 입사 면접을 한 번 본 적이 있지만 가지 않았어요. 이제는 취업과는 거리가 멀어진 것 같아요. 하지만 일반적인 회사보다는 배우고 싶은 일이나 팀원이 있는 스타트업으로의 취업은 괜찮을 것 같다는 생각을 해요. 회사는 시간을 앗아가잖아요. 회사를 다니면서는 시간을 쪼개서 내가 바쁜 일을 처리할 수가 없기 때문에. 그래서 회사로 돌아갈까 하다 말았는데, 첫아이를 키워보니 회사를 가지 않아도 해볼 만하더라고요.

디지털 노마드

여행을 하며 일을 병행했어요. 다녀와서 보니 오히려 여행만 할 걸 후회스럽기도 해요. 어차피 잘 안 될 거 그냥 여행에만 집중할 걸…. 여행 중간에 인테리어나 영감 받은 걸 사진으로 엄청 찍어 놨는데, 한국 와서 하나도 안 봤어요. 오히려 지금 하는 사업도 아기 키우면서 받은 생각이죠. 세계여행 하며 받은 영감은 외적으로 발산시키는 사업보다는 내적으로 쌓인 것 같아요.

3. 여행 후 어떻게 지내셨나요?

여행을 다녀온 후 초반 일 년은 고민을 많이 했어요. 내가 원하는 삶을 영위할 수 있을 것인가, 고민이었죠. 엑셀에 좋아하는 것과 할 수 있는 것을 키워드로 쭉 적어봤어요. 그리고 조금이라도 연관성 있는 조합을 엮어내니 사진 찍는 것과 강연이 나왔어요. 그런데 그땐 책도 나오기 전이고, 아무것도 아닌 상태라 불러주는 곳이 없었습니다. 우선 기간은 6개월 정도 단기로 잡고 월 3백만 원을 벌자는 목표를 세웠어요. 첫 달에 10만 원, 다음 달에 30만 원, 이렇게 늘려나갔습니다.

에어비앤비와 프리랜서 일도 조금씩 커지며 활성화가 됐죠. 보이지 않는 시장이 존재하더라고요. 예를 들어 사진작가라 하면 스냅, 웨딩사진이 전부인 줄 알았는데, 에어비앤비 전속 포토그래퍼가 되어 전문 사진작가로도 활동했습니다. 여행을 다녀와서 경제적 어려움은 없었어요. 그런데 늘 마음 놓을 순 없었어요. 프리랜서는 내가 일을 하지 않으면 돈을 못 버니까요. 그래서 내가 일하지 않아도 돈을 벌 수 있는 시스템을 구축하는 게 목표입니다.

4. 요즘의 화두는 무엇인가요?

지금 하고 있는 사업의 미래를 어떻게 그릴 수 있을지, 그리고 가족에 대한 고민이 있어요. 첫째도 어떻게 키울까 고민하다가 공동육아 협동조합으로 어린이집을 보냈어요. 학부모들이 공동으로 출자해서 선생님 섭외부터 복지, 식재료, 예산까지 투명하게 관리합니다. 입학서약서에 사교육을 시키지 않겠다고 써요. 공동육아를 해보며 아이에 대한 교육을 다시 생각하게 됐어요.

5. 이민을 가고 싶진 않으신가요?

어디에서 살아도 괜찮겠다고 열려 있으나, 현재는 서울에서 일을 하고 있으니 우선은 서울에 있고 싶어요. 세계 일주를 했다는 건 삶을 주도적으로 살았다는 거잖아요. 그런 분들은 한국에 와서도 주도적으로 살 수 있다, 라는 자신감이 있기 때문에 이민을 고민하지 않을 수도 있을 것 같아요. 반대로 억압된 삶을 살면 이민을 가고 싶다는 생각이 들 수 있지만, 주도적으로 살면 언어도 통하고 차별 없는 한국이 좋다고 하는 분들이 있는 것 같아요.

6. 여행으로 변한 것이 있나요?

변할 걸 기대하고 갔는데 좌절했죠. 처음에는 변한 게 하나도 없다고 생각했는데, 시간이 지나고 보니 사고방식이나 기준 같은 게 많이 변했더라고요. 한국에 들어와 시간이 지나고 보니 내가 좀 변했었네, 싶어요. 바라보는 생각 같은 게 변한 것 같아요. 물론 사람은 안 바뀝니다. 게으른 사람은 여행

가서도 게으르고, 창업할 사람은 여행을 안 갔어도 한국에서 했을 거예요.

7. 여행이 끝낸 사람들을 위해 해주고 싶은 말이 있으실까요?

장기목표 하나를 세워 보세요. 사업과 마찬가지죠. 3년 후의 목표를 하나 세우면 그걸 위한 매년 실행해야 할 KPI(Key Performance Indicator)가 있죠. 1년차, 2년차, 3년차의 연 목표가 생기고, 그럼 분기별 목표가 생겨요. 계속 목표를 쪼개고, 실제 달성한 것을 비교하고, 어디가 부족했고, 왜 초과했는지 분석해야 발전한다고 하더라고요. 예를 들면, '유튜브 1년 후 10만 명 구독자 달성'으로 목표를 세웠다면 '이번 달에 섭외 3명을 하겠다.' 등 목표가 세부적으로 만들어지더라고요. 주식도 마찬가지죠. 목표 수익 얼마를 달성하겠다, 그럼 이 시기쯤엔 미래계획을 세울 수 있게 돼죠.

사람을 많이 만나는 것도 중요해요. 사업하면서도 모르는 분에게도 연락해서 만나기도 하고 소개받기도 해요. 투자자도 그렇게 만나죠. 투자가 안 될 걸 알면서도 발표를 해요. 그럼 조언을 받으니까 도움이 돼요. 최대한 많이 나를 노출시키는 게 중요해요. 내 스스로가 자산이기 때문에.

8. 퇴사나 세계여행, 혹은 새로운 일을 고민 중인 사람들에게 해주고 싶은 말이 있다면?

누구나 미래에 대한 고민을 하고 사는 것 같아요. 고민 없는 삶이란 게 과연 존재할까 싶기도 하고요. 퇴사, 이직, 결혼, 여행 등등 아마 우리가 살아가는 동안 이런 고민은 항상 우리를 따라다닐 거예요. 어떠한 선택이든 정답은 없어요. 퇴사를 하는 게 누구에게는 좋은 선택일 수 있지만, 누군가에 겐 나쁜 선택일 수도 있고, 여행도 누군가에겐 하지 말아야 할 선택일 수 있으니까요.

여기서 진짜 중요한 건 어떤 선택을 하느냐가 아니라, 작년의 고민을 지금도 똑같이 하고 있느냐 아니냐인 것 같아요. 누군가는 작년에 했던 퇴사, 이직, 여행 등의 고민을 일 년이 지난 지금도 똑같이 하고 있고, 또 누군가는 작년 의 고민을 실행으로 옮겨 자신의 길을 찾고, 지금은 그 길 위에서 또 다른 새 로운 고민을 하고 있을 테니까요.

인생이라는 문제에서 어떠한 답을 고르던 그 답은 정답입니다. 하지만 어 떤 답을 고를지 고민하다 시간 안에 답을 적지 못했다면 결국 오답이 되겠 죠. 여러분은 이미 고민의 정답을 알고 있습니다. 지금 그 답을 시작하세요.

Chapter 3

여 행 이
끝 나 다

인생에 한 번뿐인
여행은 없다

한국에 돌아갈 날이 2주도 채 남지 않았다. 한국과 정확히 반대편에 있어 열두 시간 시차가 있는 아르헨티나. 한적한 호수를 보며 달콤한 핫초코를 마시는 것 말고는 할 게 없는 심심한 동네 바릴로체에서 일주일을 머물렀다. 길다면 길고 짧다면 짧았던 오백일의 세계여행을 마무리하는 데 이만큼 완벽한 곳이 있을까 싶었다. 무용하고 비생산적인 시간이자 다시는 오지 않을 호시절을 지나고 있다. 그러나 평온한 풍경과는 반대로 마음이 흘러간다. 2주 후면 미세먼지를 맞으며 집으로 돌아갈 생각을 하면 남은 시간이 촉박하게만 느껴진다.

작년 이맘때 여행을 하다 잠시 한국에 다녀왔었다. 세계여행을 떠난답시고 요란하게 나왔는데 어쩌다 보니 5개월 만에 한국 땅을 다시 밟았다. 친한 친구의 결혼식이 핑계였지만 어느 여행지보다 한국행이 설레었다. 익숙한 언어로 쓰인 안내판을 따라 세상 빠른 출국 절차를 밟았다. 수화물 벨트에서 바구니에 소중하게 담겨온 배낭을 메고 공항을 빠져나왔다. 검색하지 않아도, 지도를 보지 않아도 몸이 기억하는 버스를 타고 마을버스로 환승까지 했다. 눈을 감고도 찾아갈 만큼 익숙한 일련의 여정에서 마음 한켠 어딘가 불편했다. 피부가 까매진 나만 빼고 모든 게 그대로였다.

퇴사하고 떠난 여행은 매일이 소풍 같았다. 30도가 넘는 더위에 에어컨은 고사하고 뜨거운 바람이 들어오던 인도네시아 버스, 하필 버스 안에서 담배까지 피우는 사람들 틈바구니에서 이동하던 날, 그리고 흡사 교도소 같던 숙소에서 잠들었던 밤도 있었지만, 거의 모든 날 모든 순간이 좋았다. 인도에서 상식이 통하지 않는 호텔 직원과 싸우고, 타지마할에서 입으려고 발리에서 사온 바지를 찢어 놓고 말도 안 되는 핑계를 둘러대던 세탁소 직원과도 싸우고, 비 오는 날 20kg이 넘는 배낭을 메고 숙소를 찾아 헤매도 궁극에는 여행이 즐거웠다. 회사에서 부정적인 기운에 잠식당하는 편보다 나았다.

온전히 의무 없는 자유와 나와 남편의 행복에만 신경을 썼던 여행의 시간에서 세상은 아름다워 보였다. 그런 내 눈에 3월 말의 서울은 너무 앙상했다. 새싹이 나지 않은 나무와 뿌연 하늘, 그리고 급한 한국인들까지. 비행기를 타고 구름 위 밝은 하늘을 날아다니다가 다시 잔뜩 흐린 구름 아래 하늘로 돌아와 버린 듯했다. 공항버스 안에서 바라보던 풍경에 모든 게 똑같은데 나는 변하지 못했다는 자각에 마음이 급해졌다. 여행을 마치고 아예 귀국했을 때도 이런 상태면 어떡하지?

원하던 답의 실마리를 찾지 못하면 이 여행은 실패한 거나 다름없다고 생각했다. 2주간 한국에서 몸과 마음을 충전하고 다시 배낭을 메고

150 　퇴사 전보다
　불안 하 지
　않 습 니 다

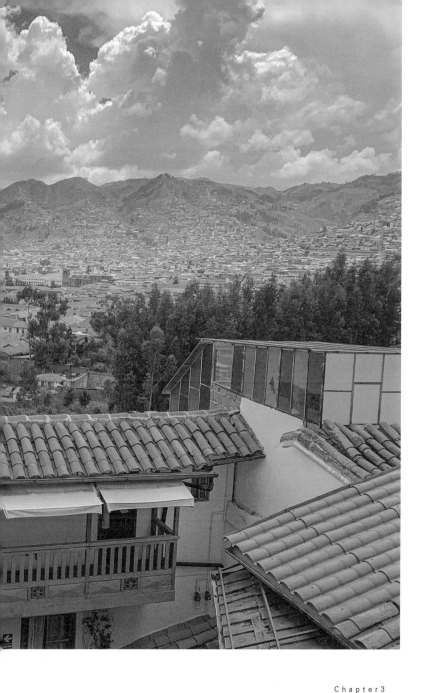

떠나며 절실하게 답을 찾아올 것을 다짐했다. 그렇지 않으면 남들이 돈을 벌고 커리어를 쌓을 동안 소비하기만 했던 내 시간이 무용해질 것 같으니까.

늘 그렇듯 눈 깜짝할 새에 일 년이 지나버렸다. 나는 이제 정말로 한국에 돌아간다. 뭘 할지는 모르겠지만 아무거나 하고 싶진 않은데, 그래도 뭐든 해야 하는 때가 와버렸다. 더 이상 유예의 여지가 없다. 하지만 일년 사이 한 가지 변한 점이 있다. 나를 조급하게 만드는 건 누구도 아닌 내 자신이라는 걸 알게 된 것이다. 어차피 일 년 만에 돌아간 한국은 그대로일 것이다. 찾고 싶던 카드는 손에 쥐지 못한 채 빈 손으로 공항버스에 몸을 싣고 익숙한 내 방으로 돌아갈 것이다. 그럼에도 마음이 급하지 않은 건 일생에 한 번 뿐일 것 같은 세계여행이라 이것도 이루고 저것도 성취해내고 싶었던 욕심을 내려놓았기 때문이다. 사실 떠나기 전부터 알고 있었다. 여행을 다녀와도 도깨비방망이를 두드려 금 나와라 은 나와라 하듯 답이 뚝딱 나오지 않음을. 그런데도 사람은 간사해서 아무리 책을 읽고 이야기를 들어도 직접 해봐야 궁극에는 안다.

여행에서 답을 찾고 싶어 조급했던 것은 인생에 한 번뿐인 여행이라고 생각했기 때문이다. 지금처럼 책임질 가족과 갚아야 할 빚이 없는 가벼운 상태는 다시 오지 않을 거라 생각했다. 그런데 여행을 하면 할수록 좋은 곳은 너무도 많았고, 두 번 오는 도시는 또 다른 의미로 좋았다. 이좋은 걸 왜 인생에 한 번만 해야 하지?

다시 오면 된다. 지금 못 찾은 답은 다시 또 찾으러 오면 된다. 그러니 급하게 서두르지 않아도 괜찮다는 실감이 마음속에 묵직하게 자리잡았다.

세계여행 모의고사, 좋은 건 두 번씩

세계여행을 떠나기 2년 전, 우연히 만우절 특가로 나온 35만 원 항공권으로 페루를 다녀왔다. 당연히 장난일 줄 알고 반신반의하며 샀던 덕분에 여행 기간도 길었다.

"남편, 혹시나 이 표가 진짜라면 이만큼이나 휴가를 낼 수 있어?"

결제버튼을 누르기 전에 다시 한 번 물었다.

"안되면 퇴사하지 뭐. 질러버려!"

연애 시절 세계여행을 가자고 했던 그때처럼 그는 호기로웠다. 근무일로 9일 휴가를 내야 했고, 두 번의 주말을 붙여 2주가 완성되는 일정이었다. 한 번도 5일 연속으로 휴가를 내 본 적 없는 두 명의 미생에게는 말도 안 되는 기간이었다.

출발일이 다가와도 그 표는 취소되지 않았다. 아에로 멕시코는 만우절 장난이 아닌 진심이었던 것이다. 이왕 이렇게 된 거 세계여행 모의고사를 치러보기로 했다. 회사에 처음으로 9일의 휴가를 냈다. 뭐라 하면 어차피 그만 둘 거니까 알 게 뭐냐며 호기로웠지만, 그 언제보다 조심스러웠다.

막상 걱정과는 달리 사람들은 별 관심이 없었다. (그럼 진즉 휴가 길게 낼 걸.) 괜히 그간 혼자 눈치 보며 살았다는 깨달음을 얻으며 떠난 페루에서 두 번의 월요일을 맞았다. 월요일에 회사를 안 가는 게 이렇게 행복한 거였다니. 이루 말할 수 없는 해방감을 느꼈다. 어서 대출을 갚고 회사를 그만 두자고, 세계여행이란 것을 떠나도 괜찮겠다고, 페루에서 한국으로 돌아오는 비행기 안에서 다짐했다.

그 후 2년 반이 지나 다시 페루를 찾았다. 특히나 좋았던 쿠스코를 떠

나며 다음에 꼭 다시 오겠노라 다짐했는데, 이렇게 빨리 돌아오게 될 줄
은 몰랐다. 인생에 한 번밖에 못 갈 줄 알았던 남미여행을 두 번이나 했
다. 멀게만 보였던 이상향에 예기치 못하게 두 번이나 도달하고 나니 무
겁게만 대하던 인생이 가벼워졌다. 세계여행도 두 번 할 수 있겠구나. 다
시는 못 온다고 누가 그랬는가. 삶이 또 무거워지면 언제든 또 훌쩍 떠
날 수 있을 것 같다. 쿠스코에 세 번째 오게 되는 날에는 한 달 동안 살
아봐야겠다.

"이직하는 거 어렵지 않아? 나는 못할 것 같은데."
이직을 한 번도 해본 적 없는 나는 이직하는 친구들에게 늘 선망의 눈
초리로 물었다. 그들은 한결같이 대답했다. 처음이 힘들지 두 번째부터

는 쉽다고. 결국 이직도, 남미여행도, 세계여행도 모두 같지 않을까. 한 번만 할 수 있는 것도 아닐뿐더러 처음만 어렵지 그 다음은 수월하다.

'인생에 한 번뿐'이라는 마케팅에 빠지면 마음이 급해지고 낭비를 하게 된다. 나도 마케터였지만 알면서도 넘어갈 수밖에 없는 상술이다. 비싼 리조트로 가는 신혼여행이나 호화스러운 결혼식과 마찬가지로 세계여행까지, 인생에 한 번밖에 못 할까봐 무리하기 일쑤인 게 도처에 널려 있다. 그러니 이번에 모든 걸 다 하지 않아도 된다. 원하는 답을 찾지 못해도 괜찮다. 해보고 좋으면 한 번 더, 별로였으면 그만이다. 1차, 2차 아니면 3차라도 시도 기회가 있음을 알게 됐다는 것으로 이 여행은 충분하다. 꼭 한 번에 다 해내지 않아도 괜찮다는 걸 알게 됐으니.

덕분에 한국으로 돌아오는 마음이 한결 가벼워졌다.

공포와 혼돈의
100시간을 보내고

세계여행 종료 D+1

한국에 왔다. 막연히 이 날을 자주 상상하곤 했다. 한국으로 돌아가기 전날은 신데렐라의 유리 마차가 호박으로 바뀌는 기분일까, 이 여행이 끝난다는 사실에 눈물이 나겠지. 별의별 상상을 다했다. 시원섭섭한 양가감정을 느끼며 한국에 오면 어떻게 살아가겠다는 계획도 어느 정도 세웠을 줄 알았다. 실상은 '무사 귀국' 네 글자에 온 신경을 쏟느라 그 고민들은 뒷전이었지만. 돌아오는 비행기에서 조금 울었다. 슬퍼서가 아닌 한국 땅을 밟았다는 안도의 눈물이었다.

우리는 코로나19의 공포가 전 세계를 집어삼킨 날 귀국했다. 원래대로라면 남미와 오세아니아까지 서너 달을 더 여행하려던 참이었다. 그런데 3월로 잡힌 친한 친구 결혼식 때문에 어쩔 수 없이 귀국일이 잡혔고, 그마저 하루가 다르게 변하는 국제 정세에 예정보다 4일 앞당겼다.

패키지여행을 하듯 급하게 여행하는 게 아쉬웠지만, 종국엔 친구 덕에 무사히 돌아올 수 있었다.

세 달 전에 사둔 첫 표는 경유지 호주가 국경을 폐쇄함으로써 출발 일주일 전 결항됐다. 프랑스를 경유하던 두 번째 표 역시 출국 4일 전 공항 폐쇄로 결항. 울며 겨자 먹기로 세 번째 표를 샀다. 한국인의 평범했던 일상을 부수고 유럽을 할퀴고서 마지막 청정 지역이었던 남미 대륙에 상륙한 코로나 바이러스는 세 번째 표 역시 공중에 날려버렸다.

마지막 여행지였던 아르헨티나 부에노스아이레스. 길가에 마스크를 낀 사람조차 없었는데, 갑자기 대통령이 일요일 저녁 8시 담화를 열었다. 당장 내일부터 국경을 폐쇄하고 전 국민 자가격리까지 고려한다는 청천벽력 같은 소식을 발표했다. 뉴스가 끝나자 그 즉시 떠나기로 결정했다. 돈이 문제가 아니었다. 의료 체제가 취약한 남미, 특히 한국과 가장 먼 곳에서 몇 달이고 발이 묶이면 큰일이었다. 당장 열두 시간 후 출발하는 편도 표를 180만 원이나 주고 샀다. 급히 짐을 싸는 사이 경유지에서 인천으로 가는 항공편이 아무런 대책 없이 결항된지도 모른 채 잠시 눈을 붙였지만 말이다.

그렇게 인생 가장 비싼 편도 표를 샀음에도 불구하고 경유지 멕시코에서 미아가 됐다. 2년 전 우리가 35만 원으로 페루를 왕복하는 표를 준 항공사였지만, 무책임한 담당자는 대체 항공편은 고사하고 전화를 받지 않는 콜센터로 전화해 처리하라는 말만 반복한 채 자리를 떴다. 결국 멕시코시티에서 두 밤을 머물며 미국을 경유하는 네 번째 표를 구매하기에 이르렀다. 울면서 겨자를 먹는 건 이런 거였구나. 이미 카드 한도는 초과한 지 오래였다. 돈을 하도 쓰니 웬만한 결제는 눈 하나 깜짝하지 않게 무디어졌던 결혼 준비하던 때로 돌아간 것 같았다.

자고 일어나니 미국 역시 멕시코 접경지역 국경 폐쇄를 논의한다는 뉴스가 나왔다. 지금 속 편하게 잘 때가 아니었다. 맨몸으로 공항에 달려가 항공사 카운터로 갔다. 혹시 내일 출국 표인데 날짜를 바꿔 당장 오늘 출국할 수 있는지 지푸라기라도 잡는 심정으로 물었다. 우물 속에 빠진 우리에게 내려진 동아줄처럼 직원(멕시코 천사)은 흔쾌히 바로 4시간 후에 출발하는 표로 변경해주었다. 그것도 무료로!

환호성을 지르며 숙소로 돌아가 급히 짐을 싸서 다시 공항에 왔다. 극적으로 멕시코까지 탈출해 경유지 LA에 도착했다. 한인이 많은 도시에 오니 일단 마음이 한시름 놓였다. LA 공항 근처에서 두 밤을 버틸 요량이었다. 밑져야 본전이니 숙소를 잡기 전 가장 나이가 많고 인상이 좋아보이는 항공사 직원 앞에 섰다.

"혹시, 진짜 혹시 몰라서 물어보는 건데 이틀 후에 출발하는 일정을 조금 앞당길 수 있을까요?"(공손하게)

역시나 또 한 번 동아줄을 잡는 심정으로 인천행 시애틀 경유 표 날짜 변경이 가능한지 물어보았다.

"잠깐만, 한 번 찾아볼게."

단칼에 안 된다 할 줄 알았는데 뭐지? 무언가 될 것 같은 희망이 보였다.

익숙지 않아 보이는 전산 프로세스를 양 옆에 있던 직원들에게 묻는 그녀를 보니 기대감이 더욱 커져갔다. 노트북을 보며 키보드를 몇 번 두드리더니 잠시 후 그녀가 입을 열었다.

"4시간 후에 인천으로 바로 가는 직항 표가 있는데, 이거 괜찮니?"

괜찮다마다요! 짐칸에라도 타고 어서 고국으로 돌아가고 싶었던 걸요! 웃돈을 주고서라도 사고 싶던 표를 무료로 얻게 됐다. 연륜이 느껴진 그녀(LA 천사)는 이틀 후 출발하는 경유 표를 직항 표로 바꿔주었다. 전혀 예상하지 않은 행운이 불운의 끝에서 우리에게 손을 내밀었다.

비극으로 치닫던 우리의 세계여행 마지막은 이렇게 해피엔딩으로 마무리되었다. 혼돈의 100시간 경과 후 우리는 드디어 한국 땅을 밟았다. 505일의 세계여행은 이렇게 종료됐다. 내가 여행 전부터 상상했던 세계여행의 종료 모습과는 확연히 달랐다. 하늘에 돈을 뿌려가며 돌아온 혼돈의 일주일. 찬찬히 여행을 마무리하며 지난날을 되돌아보고 못다 쓴 글도 많이 쓰고 오려던 것이 모두 틀어졌다. 매일 몇 시간씩 오픈 채팅방을 들락날락하며 걱정을 사서 했고, 항공권을 수도 없이 검색하고, 대체편 제공 없이 취소한 항공사의 오지 않는 답장을 기다리느라 여행 마지막 날들을 헛되이 날려버렸다. (연락 불통이던 취소된 세 표는 한국에 돌아온 지 다섯 달 후에야 환불을 받을 수 있었다.)

여행 후 한국에 오면 뭐 해먹고 살지의 생업에 대한 걱정 역시 당면한 거대한 문제 앞에서 유보됐다. 우리의 호시절이 끝나버린 것 같아 무작정 슬프고 밥벌이에 대한 걱정으로 가슴이 묵직하게 무거워질 줄 알았건만 웬걸, 마음 속 불안이 있을 자리는 없었다. 한국에 오니 정착했다는 안정감에 그저 좋았다. 익숙한 언어와 내가 주류인 나의 고국. 바이러스가 시작된 나라 사람과 비슷하게 생겼다는 이유로 차별을 당하고 길을 지나다니며 "코로나! 바이러스!"라고 소리치고 위협하는 무차별한 공격을 당하지 않는 것만으로 좋았다. 뜨거운 국물에 밥을 말아 깍두기를 올려 입에 넣으니 걱정은 싹 내려갔다. 여행을 하며 다시 한국에서 예전처럼 회사를 다니며 살지, 외국에서 자리를 잡고 일을 할지, 아예 이사를 갈지 고민했던 날들이 있었다. 막상 한국에 오니 해외취업도 이민도 마음이 동하지 않는다. 또 어떻게 마음이 바뀔지 모르겠지만 당분간 꽤 오랫동안은 한국에서 지내고 싶어졌다.

예기치 못하게 마무리 지어진 우리의 세계여행이지만, 그 무엇과도 바꿀 수 없는 엄청난 우량자산이 되었다. 오백일 동안 놀고먹으며 현금 흐름은 악화되었을지라도, 눈에 보이지 않는 무형의 자산을 몸과 마음에 켜켜이 쌓은 시간이었다. 비록 몸에는 살이 덕지덕지 붙었지만, 20킬로 그램 가방도 거뜬히 메고 계단을 오르락내리락하는 근육도 함께 붙었으니 괜찮다고 마음을 달래 본다. 몸만큼 마음에도 근육이 생겼을 테니.

마지막 귀국길에서까지 다툴 정도로 티격태격했지만, 나의 가장 친한 친구이자 애인과 함께 평생을 두고두고 사골 곰탕처럼 우려먹을 말거리가 생겼다. 당장의 먹거리는 모호할지언정 온 마음 다해 행복했다. 그래서 여행을 고려하던 순간부터 걱정했던 '한국에서 뭐 먹고 살지?'는 크게 걱정되지 않는다. 뭐가 됐든 재미있고 행복한 방향으로 뚜벅뚜벅 걸으면 되니까. 우리가 오백일 동안 그래왔던 것처럼.

이제 뭐 해 먹고
살 거야?

"이제 어떻게 할 거야(=뭐 해 먹고 살 거야)?"

퇴사와 여행 이야기를 하다 보면 끝에는 하나의 질문으로 귀결한다. 지금 이 글을 읽고 있는 여러분도 궁금해 하는 그 질문이다. 나도 궁금하다. 여행을 다녀왔는데도 다른 여행자들은 어떻게 사는지 궁금할 정도다. 내가 좋아하고 잘하는 것을 찾고 싶다고 유난을 떨며 퇴사를 하고 다녀온 오백일의 긴 여행 끝에 나는 어떤 모습이 되어 돌아온 걸까?

끝나지 않을 것만 같던 여행이 끝나갈수록 현실의 무게에 마음이 짓눌렸다. 찾지 못한 대답, 아니 어쩌면 애초에 존재하지 않았을 정답을 풀지 못해 촉박해졌다. 여행 초반이었던 아시아, 유럽을 여행하면서는 꽤나 규모가 큰 꿈을 꾸곤 했다. 한옥에서 살며 한국에서만 할 수 있는 여행 경험을 외국인 여행자들과 나누고 싶었다. 기저에는 다시 회사로 돌아가지 않겠다는 소망이 있었다. 끝이 보일수록 실현 가능성과 다시 돈

을 벌어야 하는 시급함에 점점 꿈의 크기가 작아졌다. 게다가 팬데믹은 계획에 없었다. 공기처럼 익숙하던 여행을 꽤 오래 못하게 될 줄은 상상도 해보지 않았다. 코로나19 시국에 들어온 덕분에 외국인을 상대로 한 여행업에 발을 담그지 못했다.

현실적인 대안은 재취업이다. 솔잎만 먹던 송충이가 솔잎만 먹듯 대학 졸업하고 회사만 다녀본 내가 떠올릴 수 있는 쉬운 보기다. 혹은 다시 공부를 해서 '-사' 자로 끝나는 전문직을 갖거나 공무에 종사하는 것.

모두 나의 노동과 시간을 소정의 월급과 교환하는 방식이다. 물론 이마 저도 쉬운 건 하나도 없다. 공부한다고 되는 것도 아닐뿐더러 회사원으로 돌아간다 한들 절대 편하게 월급을 따박따박 받는 게 아님을 누구보다 잘 안다. 월급은 하루를 버티고 일과 사람 사이에서 고군분투해야 얻어지는 투쟁의 대가니까. 버티는 것도 굉장한 에너지와 스트레스가 동반되는 힘든 일이다.

우리 부부는 결국 회사에 돌아가지 않았다. 사업을 벌이지도 않았다. 그런데 굶어 죽지 않고 궁상맞게 지내지도 않는다. 역시나 걱정한 것의 십분의 일도 현실로 일어나지 않았다.

나도 조이서처럼 될 줄 알았지

글로벌 커리어 우먼에 대한 환상이 있다. 아니 있었다. 지금 생각해보면 '커리어' '우먼'이라는 조합도 이상한 단어에 마음이 동했을까 싶지만. '커리어 맨'은 애초에 없었고, 일하는 여성은 이젠 당연한 세상인데 말이다. 내가 그린 커리어 우먼은 드라마 「이태원 클라쓰」의 오수아나 조이서처럼 이미 이십대에 높은 직책을 달고 돈을 많이 번, 예쁘게 화장을 하고 또각거리는 힐을 신고 다니며 자가와 자차가 있는 모습이었다.

역시나 드라마는 허구였다. 성장이 빠른 회사에서 시작했다면 가능할 수도 있겠지만, 보통의 조직에서 입사 후 4~5년 만에 임원은 불가능이다. 정장은커녕 옷은 무조건 편하게, 화장할 시간에 잠을 더 잤다. 지옥철을 타고 출퇴근을 하니 힐 역시 요원했다. 발도 불편하지만 힐을 신을 날 지하철이 흔들릴 때 뒷사람 발을 밟으면…. 출장도 많이 가고 글로벌하게 일할 줄 알고 외국계 회사에 갔지만, 한국 회사에 다니는 친구들보다 해외 출장을 못 갔다. 이렇게 커리어 우먼의 환상이 잔뜩 깨진 채 퇴사를 했다.

그럼에도 여행을 하며 홍콩, 런던, 뉴욕 같은 대도시에 갈 때마다 큰 회사 앞을 부러 찾아갔다. 회사원들을 관찰하는 게 유명한 관광지를 가는 것보다 재밌었다. 심지어 멕시코시티, 에콰도르 키토 같은 도시에서조차 많은 회사원을 볼 수 있었다. 점심시간에 포장음식을 사서 바삐 걸어가는 사람들, 목에 사원증을 걸고 식당 앞에 줄을 서있는 사람들은 하나같이 피곤해 보였다. 정장을 입고 단정하게 꾸민 회사원들을 볼 때마다 대리만족을 느꼈다. 멀리서 보면 희극, 가까이서 보면 비극인 걸 너무나 잘 알기에 부럽기보단 해방감이 훨씬 컸다. (런던 타워브리지 앞 템즈 강변에서 점심시간에 조깅을 하는 사람들은 조금 부러웠다.)

커리어 우먼에 대한 환상이 깨졌는데도 정장에 구두를 신고 노트북 가방을 메고 걸어가는 여자들을 보면 여전히 멋있어 보였다. 내가 저랬을 땐 노트북이 무거워 어깨 빠지겠다면서 온갖 불평은 다 해댔으면서 그새 그걸 잊은 간사한 나란 여자. 홍콩, 뉴욕, 시카고를 여행하며 이곳에 거주 중인 지인들을 만나며 다시 커리어 우먼 병이 도졌다. 변호사로 일하는 친구, 회사를 다니며 공부도 병행하는 친구들, 뉴욕으로 출장 온 친구, 유명한 대학원을 다니는 친구까지 저마다 하나같이 다 멋있게 지내고 있었다. 한때는 같은 학교에서 수학했던 친구들이 타지에서 멋진 커리어를 쌓고 있었다. (나는 백수인데!) 이들과의 만남은 멀리서 직장인들을 관찰하는 게 아닌 밀접 카메라로 들여다 본 기분이었다.

비싼 음식 값에 주저하지 않고 스스럼없이 결제하는 그들의 뒷모습을 보며 '다시 회사원으로 돌아가지 않겠다.'고 굳게 닫아둔 마음이 잠시 흔들렸다. 그중 홍콩에서 일하는 친구들은 홍콩 스카이라인이 펼쳐진 비싸고 좋은 요가 스튜디오에서 운동을 하고 있었다. 친구 찬스로 1회 5만 원인 요가 수업을 무료로 체험한 나는 그날 홍콩 취업을 잠시 고민했다. 그런가 하면 뉴욕에 사는 친구의 콘도 방문을 열자 한눈에 들어온 맨해튼 마천루는 백수의 마음을 동하게 만들고도 남았다. 요가 룸까지 갖춰진 헬스장이 있던 세련된 콘도 옥상에 올라가자, 그곳에 사는 또 다른 한인들이 바비큐 파티를 하고 있었다. 나와 나이도 비슷해 보이는 그들은 무슨 일을 하며 이렇게 비싸고 좋은 집에서 사는 건지…. 나도 그만 놀고 다시 열심히 일을 해서 이런 곳에서 살고 싶은 마음이 별안간 훅 들어왔다.

포틀랜드에서 일주일 동안 지낸 숙소의 호스트 켈리는 재택근무 하는 회계사였다. 그녀의 일상은 내가 알던 한국의 회계사들과는 많이 달랐다. 매일 반려견과 산책을 하고 요리를 하고, 일은 가끔 하는 것 같아 보였다. 하루는 아침에 반려견을 산책시키고 여유롭게 준비해 정장을 입고 회사로 나가기도 했다. 그 와중에 게스트인 우리도 살뜰히 챙겼다. 게스트를 위한 미니바에는 항상 맥주와 음료수가 가득했고, 간식도 채워두었다. 에어비앤비를 운영하고 싶지만, 회사를 다니면 호스팅이 힘들지 않을까 예상한 바를 완전히 비껴갔다.

쉽다고 차악을 택하지 말자

회사생활에 잔뜩 질린 채 나왔다. 그때의 생활로 돌아가고 싶지 않은 건 지금도 여전하다. 앞에선 웃고 있지만 뒤에선 무슨 생각을 하는지 모르겠는 사람들과 점심, 저녁, 가끔은 1박까지 하며 사내 행사로 시간을 보내야 하는 것도 일의 일환이었다. 아이가 없어도 커리어가 내 맘 같지 않은데, 아이가 생기면 어떻게 될까? 육아휴직을 길게 낼 수 있을까, 아이를 키우며 일에서도 인정받고 회사를 다닐 수 있을까 등 끝나지 않는 질문에 보이지 않는 답은 그만 찾고 싶었다.

다시 회사에 돌아가게 된다면 실패라고 마음속으로 간주해왔다. 그러다가 외국인 노동자로 멋지게 살고 있는 친구들을 보니 실패를 재정의하게 됐다. 다시 회사에 들어가도 괜찮을 것 같았다. 한국이 아니면 괜찮지 않을까 싶었다. 사실 막상 해보면 또 다시 현실에 치여 불평할 거면서. 결국 사람은 언제나 자신이 갖지 못한 걸 동경하는 존재일지도 모르겠다.

타인의 시선에선 희극으로 보여도 가까이 들여다보면 비극일 수 있다. 내가 '커리어 우먼 병'에 걸렸던 것처럼 '해외취업 병' 역시 현실이 되면 멋있어 보이는 이면에 고충이 있을 것이다. 선망해 마지않는 미국 실리콘 밸리, 영국, 호주 등 선진국에서 일하는 밀레니얼 세대 중심으로 'FIRE(Financial Independence, Retire Early)족'이 생겼다. 주로 고소득, 고학력 출신의 근로자들이 40대 이전 조기퇴사를 목표로 극단적 절약을 하며 일을 하는 게 유행이란다. 그렇게 좋아 보이는 도시에서 고액의 연봉을 받아도 회사를 나오고 싶어 한다니. 이해가 안 가는 것도 아니다.

아프리카 여행을 하며 런던 금융권에 종사하는 세 명의 88년생 친구들을 만났다. 우리가 런던을 여행하며 멋있다고 사진을 찍어놓은 타워브리지 뷰를 자랑하는 세련된 건물에서 일하던 주인공들이다. 하지만 이렇게 멋지게 살고 있는 영국 여자들은 우리가 부럽다 했다. 퇴사와 세계여

퇴사 전보다
불안하지
않습니다

행은 한국 직장인뿐만 아니라 런던 직장인에게도 쉬운 결정은 아닌가 보다. 여행 후 불투명한 미래에 대해서는 걱정하지 않아도 된다고, 너희는 언제든 다시 일할 수 있다고 멋진 영국 발음으로 말해주었다.

여행을 하며 만난 많은 친구들을 보며 가끔은 회사에서 일하던 때를 그리워한 적도 있었지만, 아직 돌아가긴 이르다. 쉽고 편한 선택을 하기엔 나는 너무 실패해보지 않았다. 영국 친구들이 용기를 북돋아준 대로 여행이 끝나고 일 년 가량 내 업을 찾을 수 있는 유예기간을 갖기로 했다. 회사원일 때 해보고 싶었던 다양한 일들의 조합으로 월급 이상을 벌어보고 싶었다. 물론 아직은 예전 벌이에 못 미치지만.

여행하며 더욱 잘 알게 된 나는 날씨를 심하게 타는 사람이었다. 한국에 돌아와 꽃이 피는 봄부터 높은 겨울 하늘까지 네 번의 계절을 만끽했다. 점심시간이 낙이었던 회사원일 땐 날씨 좋은 날 이대로 사무실에 들어가야 한다는 게 그렇게 싫었다. 비가 오는 날 출근할 때, 특히 그날이 월요일이면 기분이 바닥을 치다 못해 지하로 뚫고 들어갔다. 볕이 좋은 날엔 아침에 눈을 뜰 때부터 행복지수가 올라가 나가지 않고는 배길 수 없다. 회사를 가지 않으니 화창한 날엔 공원에 누워 책을 읽거나 맥주를 마시고, 비가 오는 날엔 집 밖으로 한 발자국도 나가지 않을 자유가 생겼다. 돈으로 환산할 수 없을 만큼 큰 백수의 복지다. 대출, 건강검진, 자기계발비 등 직장인의 복리후생만큼 좋다. 날씨를 온전히 누리며 일하는 시공간을 조절할 수 있는 백수의 달콤한 복지를 포기하고 싶지 않다.

몇천 원짜리 티셔츠 한 장을 사더라도 몇 벌씩 입어보며 나에게 어울리는 옷을 찾는다. 그런데 직업에 있어서는 처음 입어본 옷을 벗기가 특히 어렵게 느껴진다. 훨씬 중요한 일인데 말이다. 5년 넘게 입어본 옷은 썩 잘 맞는 편이었지만, 몇십 년 더 입을 만큼 마음에 들진 않았다. 더 늦기 전에 다른 옷을 몇 벌 더 입어보고 정말 나와 어울리는 걸 선택하고 싶다. 작가가 될 수도 있고, 카페 사장이 될 수도, 스타트업 대표 또는 요가 강사가 될 수도 있다. 혹 여러 옷을 입어보니 처음 옷(회사원)이 제일 낫다는 결론을 내릴 수도 있을 것이다.

다행인 것은 아직 입어보고 싶은 옷이 꽤 많다는 것. 20대의 가능성보단 적겠지만, 내가 원하는 주관식 무엇이든 될 수 있을 것 같은 실감이면 족하다. 직장인일 때는 내 경력으로는 이직하기 힘들다며 지레 겁먹고 가능성을 차단했다. 회사원 옷을 입고 있을 땐 이걸로 내 가능성은 끝났다 생각했던 몇 년 전에 비하면 큰 발전이니까. 여의치 않거나 재미가 없다면 다시 회사로 돌아가면 된다. (이미 한 차례 사춘기를 겪고 퇴사했던 지인들은 거의 대부분 재취업을 했다. 이들에 의하면 회사 일은 언제든 다시 할 수 있다고 자신감을 북돋아 주었다.) 물론 믿는 구석은 약간의 경력과 세계여행으로 체화된 배짱이 전부지만 말이다. 일 역시 다시 시작하면 처음엔 어렵겠지만, 금세 또 적응해서 잘 적응할 거다. 그렇지만 아직은 아니다.

흔들릴 때마다 『일의 기쁨과 슬픔』의 장류진 작가가 했던 말을 떠올린다. IT회사에서 7년 이상 소설과 전혀 상관없는 일을 했던 작가는 회사에서 소설을 쓰기 시작했다. 입사 3~5년차부터 시니어가 되지만 일에서 보상을 받지 못했다고. 그럼에도 일과 동일시하는 자신을 보며 틈틈이 소설을 쓰다 결국 회사를 나왔다. 퇴사 후 문화센터에서 소설 강좌를 듣고 1년간 대학원에서 소설을 배우는 동안 제대로 해보고 다시 회사로 돌아가려고 했다고. 재취업 준비하고 포트폴리오 만들던 시기에 정신승리를 위해 쓴 소설은 데뷔와 동시에 대박이 났다.

세계여행이 끝나고 한국에 돌아온 지 7일째 되던 날, 전 직장에서 재취업 면접을 보는 꿈을 꿨다. 껄끄러웠던 사람이 면접관으로 들어왔고, 시종일관 무표정이었다. 더욱 최악인 것은 그 앞에서 웃으며 가증스럽게 면접을 보던 나였다. 경종을 울린 악몽 덕분에 마음을 더 독하게 잡을 수 있게 됐다. 대박 소설을 쓰진 못하겠지만, 나에게 더 잘 맞는 옷을 찾아 몇 벌은 더 입어보자고. 줄어든 통장 잔고 때문에 쉬운 선택이라고 차악을 택하진 말자고.

오백일 동안
얼마를 썼냐면요

"여행, 다해서 얼마나 들었어?"

"어디가 가장 좋았어?" 다음으로 많이 받는 질문이었다. 여행처럼 개인의 취향이 극명하게 갈리는 것도 없거니와 국가, 도시, 여행 스타일에 따라 차이가 많이 난다. 공동체 생활, 봉사활동을 하거나 동남아, 동유럽 혹은 중남미 같은 물가가 저렴한 국가를 여행하면 경비를 크게 아낄 수 있다. 보통 일인당 1년에 이천오백만 원에서 삼천만 원 가량 쓰는 게 평균이지만, 둘이서 천만 원 대로 쓴 분들도 있었다. (존경합니다.)

우리는 일 년 반 동안 세계를 일주하며 둘이서 거의 1억을 썼다. 물가 비싸기로 소문난 미국에 두 달이나 있었고, 가장 비쌌던 아프리카에서 트럭킹*을 했고, 자동차를 빌려 유럽을 세 달 넘게 다닌 탓이었다. 한 명당 1년에

*일종의 패키지여행. 운전기사와 가이드 겸 요리사와 함께 캠핑을 하며 여행한다. 치안이 불안한 아프리카에서 안전하고 편하게 여행하는 대신 하루에 1인당 20만 원 가량(성수기 기준)으로 비싼 편.

삼천만 원 쓴 꼴이다. 예상한 대로였다. 명소 관광이나 스킨스쿠버 같은 액티비티 욕심이 없는 대신 잠자리는 편한 곳을 찾았다. 호스텔의 소음에 밤잠을 설치는 잠귀 밝은 남편과 화장실 결벽증이 있는 아내가 만났으니 숙소비를 아끼지 않는 게 장기여행의 비결이었다. 여하튼 퇴직금은 진즉에 다 썼고 열심히 모아둔 돈까지 펑펑 쓰고 들어왔다. 누군가 들으면 사치도 저런 사치가 없다 할 수 있다. 가방이나 차를 사면 물건이 남기라도 하지, 여행은 사진과 기억으로만 남는 거에 그 돈을 쓰냐며 혀를 끌끌 찰 수 있다.

1억을 써놓고 5만 원 쓸 때 고민하는 쩨쩨한 마음

어찌 된 게 오백일 만에 써버린 1억은 아쉽지 않다. 피가 됐고 살이 된 경험에 쓴 돈은 하나도 아깝지 않다. 그러려고 열심히 돈 벌고 모았던 거니까. 그런데 이게 끝이 아니었다. 다가온 봄과 함께 적령기에 있는 지인들의 결혼 소식이 몰려온다. 축의금은 내야 하고 집들이 선물도 사야 한다. 숨만 쉬어도 돈이 나가는 한국살이다.

> 언니랑 내 사이는 축의금 오만 원 정도의 사이였다. 딱 기본 금액.
>
> – 장류진 『일의 기쁨과 슬픔』 (창비, 2019)

역설적이게도 1억을 써놓고 모바일 청첩장을 받을 때면 축의금 액수를 고민했다. 내 결혼식에 초대하지 않는데 청첩장을 준 친구에게 축

퇴사 전보다
불안하지
않습니다

의금을 내야 할지 말아야 할지 고민된다. 한국에 있었으면 밥 한 끼 얻어먹으며 실물 청첩장이라도 받았을 테고 바로 축의금을 냈을 텐데, 외국에서 결혼을 축하해주는 건 어딘가 손해 보는 느낌이 들었다. 내 결혼식에 축의로 5만 원을 줬던 친구의 결혼 소식에도 어김없이 고민의 순간이 찾아왔다. 받은 만큼 5만 원 낼까. 그래도 알고 지낸 세월이 있는데 10만 원은 내야지…. 1억에 비하면 턱없이 적은 금액인데 사람이 이렇게 쩨쩨해진다.

친구의 경사를 축하하는 속내가 너무 검은 줄 알면서도 자꾸 그 친구를 볼 때마다 후광처럼 '오만 원'이 보였다. 나는 십만 원 내려고 했던 친한 이의 이름 옆에 적힌 오만 원을 봤을 때의 실망감은 꽤 오래갔다. 반대로 의외의 금액을 주신 지인들을 볼 때마다 감동과 고마움 사이의 형언할 수 없는 마음이 몽글몽글 솟았다. 관계의 깊이가 일차원적인 축의금 액수로 표현되는 한국에선 떨쳐내고 싶어도 쉽지가 않다.

돈은 다시 벌면 되니까

치부를 공개하는 이유는 이제 더 이상 그러지 않(으려 하)기 때문이다. 돈에 있어 속 좁게 굴던 내가 세계여행을 하며 달라졌다. 1억을 써서가 아닌 지인들이 여행 내내 보내준 고마운 마음 탓이다. 여행을 떠나기 전부터 한국에 정착할 때까지 너무 많은 분들에게 도움을 받았다. 가족과 친구들은 서른이 다 넘은 성인들에게 여행 가서 맛있는 것 사먹으라며 용돈을 쥐어줬다. 퇴사를 하고 시험 준비를 하던 친구는 우리가 사용하던 가구를 통 크게 사줬다. 본인들도 퇴사하고 백수인 데다 공부까지 하

느라 여유도 없으면서 어떻게 저럴 수 있지. 종지 그릇 같은 내 마음 크기를 넘어서는 지인들의 양푼 같은 너른 마음은 감동의 물결을 일으켰다.

게다가 여행 중간부터 돌아온 지금까지 '일간 백수부부'라는 여행기를 일 년 넘게 연재중이다. 유료 서비스랍시고 우정으로 구독해준 지인들에게 구독료를 갈취했다. 귀찮았을 텐데 시즌6까지 거르지 않고 구독해준 지인들에겐 말로 다할 수 없이 고마웠다. 친하지 않던 이들의 구독은 커다란 감동이었다. 이미 돈은 안중에도 없었다. 그저 일 년 넘게 곁을 비웠는데도 잊지 않고 챙겨주는 마음 하나만으로 눈물 나게 따뜻했다.

분에 넘치는 마음을 받다 보니 축의금 수지타산은 안중에 없어졌다.

잊지 않고 좋은 소식을 알려주는 마음만으로 고마워 기쁜 마음으로 축의를 하게 됐다. 나에게 오만 원을 준 친구에게 십만 원을 주는 것도 더는 아깝지 않다. 마중물처럼 지인들의 애정과 관심을 받다 보니 속물근성이 어느새 빠져나갔나 보다. 절대 벗지 않을 것 같던 나그네의 외투를 햇볕이 점차 따뜻하게 비춰 결국 벗게 했다는 이솝 우화같이 말이다.

돈을 잘 벌던 때보다도 마음만은 더 부유하다. 월급도 없는 내가 축의금 낼 일은 점점 많아지고, 1억은 어느 세월에 다시 모으나 싶지만 조급하진 않다. 돈은 다시 벌면 되니까. 어른들 말처럼 돈은 있다가도 없고, 없다가도 있는 거니까. 돌이켜보면 내가 가장 돈이 많다고 느꼈던 때는 대학생 때였다. 휴학하고 한 학기 동안 아르바이트를 하며 한 번은 통장 잔고가 백만 원을 넘겼던 적이 있다. 오전엔 백화점 직원 휴게소 한편에서 밤새 온라인으로 주문 들어온 물건을 포장하고, 오후엔 번역 아르바이트를 했던 달이었다. 추석이 겹쳐 온라인 주문이 많아 초과 근무를 했고, 번역료도 짭짤했다. 앱도 아닌 ATM에서 통장 정리를 하고서 백만 원을 두 눈으로 확인했던 그때가 가장 마음이 풍족했던 때였다.

그러니 지금 탕진하고 백수에 가까운 프리랜서일지라도 마음은 부자다. 돈은 다시 벌면 되고, 주변 이들의 마음을 받는 기회는 흔치 않으니까.

어쩌다
미니멀리스트가
되었어요

세계를 일주하며 한국만큼 물가 비싼 곳도 없다는 생각을 자주 했다. 통신비는 가장 물가가 비싸다는 뉴욕이나 런던만큼 비쌌고, 밖에서 밥이나 술을 마시면 5만 원은 그냥 깨졌으니까. 돌아가 백수로 지내야 할 한국생활이 조금 두려웠던 것도 사실이다. 새로운 일을 시작하는 사람들 대부분 벌이는 이전의 삼분의 일도 되지 못한다고 들었다. 나 또한 비슷하다.

그런데 많이 벌고 많이 쓰는 거나 적게 벌고 적게 쓰는 것, 결국 마진은 엇비슷했다. 회사를 안가니 쓸데없는 치장이 줄어들어 쇼핑을 덜 한다. 안 친한 직장 동료들의 경조사를 챙기지 않아도 되고, 옷을 사게 되면 그에 어울리는 신발과 액세서리까지 사지 않아도 된다. 회사 스트레스를 풀기 위한 비싸고 맛있는 음식과 술값 등이 절약된다. 안 쓰는 게 돈 버는 가장 좋은 방법이라지 않나. 벌이는 줄었으나 돈으로 환산할 수 없는 복지도 있다. 평일 사람 없는 카페에서 작업하기, 비오는 날은 집 밖을 나가지 않고 책 읽기, 그리고 날씨 좋은 날 마시는 낮술 등은 줄어든 벌이를 상쇄한다.

월 50만 원의 백수생활

막상 백수생활을 해보니 집세와 공과금을 제외하고 월 백만 원이면 충분하다. 아이나 반려동물이 없는 2인 가구는 가끔 밖에서 남이 차려준 맛있는 밥도 먹으며 여유롭게 살 수 있다. 부러 허리띠를 졸라 맨 것도 아니다. 대체 가능한 소비를 줄이니 이마저도 충분하다. 이를테면 카페에서 5천 원짜리 커피를 시키는 대신 집에서 5백 원짜리 캡슐로 커피를 내려 마시거나 2만 원짜리 파스타를 사먹는 대신 식재료 2천 원 가량으로 요리를 하는 것. 한국에는 맛있는 식재료가 너무도 많다. 비싸고 사람 많은 유명 맛집 대신 그냥 아무 곳이나 들어가도 중간은 한다. 게다가 내로라하는 IT강국인지라 와이파이는 거의 공기처럼 쓸 수 있어 데이터 무제한 요금도 불필요하다. 어르신들만 쓰는 줄 알았던 알뜰폰 요금제로 바꿔 일 년 넘게 쓰고 있다. 데이터 2기가로 부족함이 없다. 여행 중에 번호를 유지만 하는데 약 4천 원을 내온 것에 비해 7,700원의 요금은 턱없이 저렴하다. 궁상맞아 보이는가? 해보면 돈을 잘 쓴다는 생각에 만족도가 더 높다.

지금의 서너 배 이상을 벌던 직장인 시절과 통장 잔고는 엇비슷하다.(물론 저축 및 자산 증식액은 다르다.) 직장생활을 할 때에는 25일에만 잔고가 반짝 늘었다 월초에는 카드 값과 대출 이자가 우르르 빠져

나갔다. 택시비, 맛집 탐방 비용, 습관적으로 가던 카페와 쇼핑 비용까지 야금야금 나가고 나면 늘 20일 즈음엔 현금이 부족했다. 그래서 신용카드를 썼고, 다음 달엔 또 다시 빈곤해지는 악순환의 쳇바퀴에 갇힌다. 밥 한 끼에 무감각하게 쓸 수 있는 금액이 만 원에서 이만 원이 되고, 조금 더 좋은 브랜드를 썼다. 회사에서 힘들게 돈을 번 나를 위해 이 정도는 써도 된다는 선이 올라갔다. 현재를 유지하는 비용이 나도 모르는 사

이 점점 높아지며 그만 두고 싶어도 그럴 수 없는 늪에 빠졌던 것이다.

　지금은 쇼핑을 거의 하지 않는다. 출퇴근을 안 하고 집 근처에선 자전거를 타니 교통비도 거의 4분의 1 수준으로 줄었다. 평상시에도 요가복을 입고 다니니 옷을 살 필요성을 못 느낀다. 물론 요가원에 가면 옆 사람이 입은 브랜드의 새 요가복이 사고 싶어질 때가 있지만(많지만), 지금 옷장에 있는 옷만 돌아가며 입어도 한 달은 다른 룩으로 입을 수 있다.

전직 맥시멀리스트의 고백

20킬로그램의 짐으로 오백일을 살아본 경험은 소비 습관에 지대한 영향을 끼쳤다. 이동을 시작하며 가방을 들쳐 메는 순간부터 얼마나 말도 안 되는 양의 물건들을 내가 짊어지고 있는 건지 깨닫는다. 옷은 매번 빨아서 입으면 되니 두세 벌만 있어도 충분하다. 만약을 대비해 들고 다니던 상비약 무게만 족히 2킬로그램은 됐는데, 이 역시 현지 약국에서 조달해도 됐다.* 언젠가 혹시 필요할까 봐 버리지 못하고 짊어진 물건들은 내 어깨를 짓눌렀다.

* 개발도상국일수록 약국이 많다. 병원 대신 저렴한 약국을 이용하는 사람이 많기 때문이다.

2년 간 살던 신혼집 살림을 정리해 친정으로 이사하던 날, 우리는 3.5톤 트럭을 이용했다. 둘이서 이렇게 많은 짐이 과연 필요할까 싶었지만 그간의 물욕이 부른 결과였다. 여행을 마치고 돌아온 내 방을 둘러볼 때마다 불필요한 것들이 눈에 걸린다. 언젠가 읽으려 사두고 책장에 진열용으로 꽂아둔 책, 회사 다닐 때 입던(지금은 입을 일이 없는) 옷가지에 화장도 안 하면서 색조 화장품은 종류별로 아직도 갖고 있질 않나. 창고에 박아둔 신혼집에서 쓰던 갖가지 그릇과 소품들은 정리할 의지마저 꺾을 정도로 많다. 심지어 여행 전 한바탕 유난을 떨며 지인들에게 많이 처분했는데도 이 정도다. 요즘엔 공들여 샀던 물건들을 하나씩 중고 거래로 팔고 있다. 사 놓고 다섯 번도 들지 않은 새 것 같은 가방을 필요한 사람에게 넘겼을 때의 뿌듯함은 물건을 소유하는 기쁨 이상으로 컸다. 결국 내 삶에 하등 쓸모없는 것들을 얻기 위해 얼마나 많은 자원을 허비했는지 알게 된 거다.

모두가 못 사서 안달인 집도 마찬가지 아닐까. 잘 사면 몇 억의 시세

차익을 얻을 수 있다 한들, 꼭 내 집을 마련해야만 안정이 되는지는 한 번쯤 자문 해봄직하다. 소유하지 않아도 충분할 수 있다. 물론 요즘 가파르게 오르는 집세를 감당하기란 상당히 부담스럽다. 이사의 스트레스도 잘 안다. 그래도 마음에 들지 않는 이웃, 환경, 집 상태를 2년마다 선택할 수 있다고 생각하면 마음이 편해진다. (무리해서 집을 샀는데 건물이나 이웃 등이 마음에 안 들면 이내 안정은 깨진다.)

소비가 줄어도 삶의 만족도는 비례하지 않았다. 돈을 잘 벌던 때도 늘 결핍을 느꼈기 때문에. 정말 필요한 거나 사고 싶은 것에 돈을 쓸 때만 쓰는 주체성이 더 만족스럽다. 나만의 기준에 맞게 쓰고 아끼다보니 '텅장'에도 덜 불안하다. 이상 어쩌다 미니멀리스트가 되어버린 전직 맥시멀리스트의 고백이었다.

무주택자면
이번 생은
망한 걸까요?

요가 수련을 하며 마음을 다스린다는 류의 글을 쓰기 위해 집 앞 카페로 나왔다. 그러나 옆자리에 앉은 아주머니의 통화 내용에 마음만 더 소란스러워졌다. 듣고 싶지 않아도 이어폰을 뚫고 들리는 그녀의 메시지는 대강 이랬다. 전날 정부가 발표한 투기과열지구에 본인이 매수한 지역이 포함되며 다주택 보유자가 되는 바람에 세금 부담이 생겼다. 긴급이라며 이곳저곳 많이도 전화를 걸던 그녀를 보니 작금의 광풍에 더욱 신물 났다.

요즘 뉴스를 볼 때마다 한국에 뭐 이리 부자들이 많은지 궁금했던 참이었다. 집이 한 채도 아예 없는 나 같은 서민은 뉴스를 볼 때마다 패배감이 든다. 이번 생은 그른 것 같다.

코로나가 초토화시킨 작년은 여러모로 이상한 해였다. 동학개미운동부터 서학개미, 미국 주식 열풍이 불더니 부동산에 코인까지 널뛰고 있

다. 이 모든 게 한국에 돌아온 지 불과 석 달 동안 벌어진 일이다. 재테크는 언제나 만인의 관심이었지만 지금처럼 모두가 열을 올리는 정도는 아니었다. 월급을 불리는 게 예전 재테크라면 지금은 모두가 재테크를 위해 회사를 다니는 것 같다. 주객전도가 되었달까. 사람들을 만나도, 카페에서 옆 사람들이 하는 대화를 들어도 모두 돈으로 귀결된다. 주식하면 패가망신한다는 소신을 수십 년간 유지하던 부모님조차 주식 투자를 시작하셨다. 주식은 어떻게 하며, 지금 어디가 집값이 올랐다더라. 쉽게 끓는 냄비근성이 재테크로 갈아탄 느낌이다.

남편과 연애할 때부터 우리도 자주 결의를 다지곤 했다. 1998년, 2008년, 10년 단위로 발생한 금융위기를 본보기 삼아 2018년 즈음 위기가 또 한 번 올 테니 공부해서 돈을 벌어보자고. 주식과 부동산을 공부해 두어야 한다는 의지까지 불태웠다. 2015년 갭 투자가 극성일 때 부동산 고수들의 책과 강연을 듣고 머니쇼 같은 설명회도 따라다녔다. 여기까진 좋았는데 그게 전부였다. 의욕은 앞서는데 끈기와 투자할 용기가 없던 우리는 신혼집도 매매 대신 전세, 큰돈은 안전하지만 이자는 거의 없던 은행에 두었다. 부동산 가격은 거품이 껴있다는 말만 믿고 가만히 있었다. 이렇게 10년에 한 번 온다는 급행열차를 이번에도 타지 못했고 벼락 거지가 됐다.

여행을 가게 되며 빼낸 전세금에 퇴사 직전 대출받은 돈으로 투자를 했다면 몇 년은 생계 걱정 없이 더 놀아도 됐을 거다. 결혼할 때 전세 말고 대출을 받아 무리해서라도 집을 샀다면 더 좋았을 거고. 아니, 2년 전으로 돌아갈 게 아니라 한국에 들어와 바로 주식을 샀어도 세계여행 비용을 회수하고도 남았을 거다. 아무리 물욕이 없다지만 누가 주식으로 몇 억을 벌었고, 우리가 살았던 신혼집의 매매가는 6억이 올랐다는 소식을 들을 때마다 배가 아프다. 끝없는 후회의 레퍼토리를 복기할 때마다 짜증이 솟구친다. 그때 집 살 걸, 주식 살 걸. 한 번의 결정 착오로 박탈감을 느끼는 게 허탈하다.

우리가 입국한 날은 전 세계 증시 최저점이었다. 코로나19로 모든 나라가 빗장을 걸고 통행을 금지시키던 때 고국으로 돌아오는 것만 신경 쓴 나머지 매수 기회를 놓쳤다. 어차피 환불도 안 해줄 항공사에 수화기를 붙잡고 늘어질 시간에 주식을 한 주라도 샀어야 했는데. 사실 매수할까 손이 근질거렸지만 뭘 사야 할지 머리가 하얘졌다. 공부가 덜 되니 시장의 공포감을 이겨낼 확신이 없었다. 투자를 잘했던 친구들은 몇 년 치 연봉을 차익으로 벌었다. 주식, 부동산을 훑고 코인으로 넘어간 가격 거품은 왜 우리가 들고 있는 코인까지는 오지 않는가! 세계여행을 하고 물욕이 없어졌다 해도 당연히 부럽다.

제주도를 다녀올 때마다 김포공항에 다다를 때쯤 내려다본 서울 상공에서 늘 만감이 교차한다.

이 좁은 땅덩이에서 도대체 얼마나 더 많은 아파트를 지을 건가?

저 똑같이 생긴 멋없는 아파트 한 칸을 남들처럼 가지고 싶어야 하는 건가?

40년도 넘은 물건을 10억 넘게 줘야 살 수 있는 게 정상인가?

요즘 길 위에 외제차가 왜 이렇게 많이 돌아다니는 걸까? 다들 뭐해서 돈을 번 거지?

아이는 어디서 어떻게 키워야 할까? 아이 때문에 결국 좋은 학군으로

이사 가 무리하며 살아야 하는 걸까?

　이 모든 게 대출을 받을 수 있는 신용(직장)이 없고 돈도 없는 프리랜서의 치기 어린 공상일 수 있다. 그런데도 자꾸 재테크 광풍에 반감이 생긴다. 돈 많은 투기 세력과 몇 채씩 보유하는 집주인과 건물주들이 밉다.

　따지고 보면 가진 게 없는 지금의 우리는 비싼 주거비용을 지불하고 서울 근처에 붙어 있을 이유가 없다. 서울에 있는 회사를 다니며 아이를 키우고 있었다면 서울에 내 집을 마련하고 싶었을 테지만. 아이도 없고 책임질 반려동물도 없는 두 삼십대는 재테크 이유를 차치하면 굳이 남들처럼 아파트 청약에 매달리지 않아도 된다. 몇 달 사이 억이 오르는 서울 아파트를 가졌다면 좋았겠지만, 집이 두 채 있지 않는 이상 팔아야 내 돈이 되고 또 다른 거처(역시 억 단위로 오른 집)를 구하는 것도 보통 일이 아닌 세상이니까.

　배낭을 메고 세계를 여행하다 보니 물욕이 없어졌거니와 내 집 마련의 필요성까지 의문이 생겼다. 한때는 한강이 보이는 아파트에서 사는 게 로망이었지만, 세상에는 한강보다 멋진 물가가 많았다. 터키 이스탄불의 바다, 잔잔한 미얀마 인레 호수, 그리고 바다보다 넓은 과테말라 아티틀란 호수까지. 훨씬 멋진 풍광을 저렴한 가격으로 누릴 수 있는 도시가 많았다. 외국이 아니더라도 제주 바다가 보이는 집도 서울 살이 비용보다 훨씬 저렴한 가격에 구할 수 있다. 인터넷만 있으면 돈을 벌 수 있는 일을 한다면 굳이 서울 근처를 배회하지 않아도 괜찮다. 광기어린 부동산 행렬에 동참하지 않아도 된다.

그런고로 몸이 가벼울 때 마음이 가는 곳에서 살아 보기로 했다. 거처를 정하기 전까지는 친정에서 거의 1년간 부모님과 지내며 다시 철없는 딸로 돌아갔다. 그 후 1년은 꿈이었던 제주의 마당 있는 전원주택에서 살게 되었다. 그러다 강릉에서 살고 싶으면 강원도로, 한옥에서 살고 싶어지면 안동으로 가게 될지도 모를 일이다. 여행하며 좋은 숙소를 골라가듯이. 내가 원하는 곳에서 살아볼 수 있는 삶이 아파트보다 더 마음이 동한다.

우리가 4년 전 신혼집을 전세 대신 매매했다면 오른 집값을 보며 기뻤을지는 몰라도, 아직까지 세계여행은커녕 퇴사도 못한 채 울상으로 회사를 다녔을 거다. 아마 그 집을 팔아 몇 억을 벌었어도 세계여행 대신 대출을 더 받아 또 다른 집으로 옮겨 이자를 위해 회사에 다녔을 게 분명하다. 얽인 것 없이 몸이 가벼웠기에 퇴사도 하고 세계여행도 다녀올 수 있었다. 재테크 광풍에 동참했다면 삶에 대한 태도도 바뀌지 않았을 것이다. 무주택자여도 괜찮다. 투기 세력이 부럽지 않게 행복 회로를 돌리며 지금의 가벼운 생활을 이어 나가보고 싶다.

어쩌다
제주
일 년 살이

세계여행과 별개로 제주살이에 대한 해소되지 않는 로망이 있었다. 제주는 평일 하루를 연차로 내고 금토일, 혹은 토일월 두 밤을 자고 오는 식으로 다녀온 게 전부였다. 늘 먹어야 할 것, 가고 싶은 곳을 도장깨기 하듯 가느라 바빴다. 한 곳에 진득이 앉아 멍을 때릴 여유는 사치였다. 그럼에도 제주는 가도 가도 좋았다. 그러다 결국 일 년을 살게 됐다.

한국에 돌아와 세 달이 지났을 즈음 급작스럽게 제주 여행을 다녀왔다. 한국에 돌아와서 가장 슬럼프에 빠져있던 날이었다. 백수로 맞이하는 월요일은 대개 행복도가 극에 달했으나 그날은 월요일인데도 즐겁지 않았다. 때 이른 더위에 축축 처졌고 아무것도 하기 싫었다. 해야 할 일이 있었지만 이걸 한다고 성과가 나오는 것도 아니었다. 안 해도 아무도 뭐라 하지 않는 티가 나지 않는 일이었다. 매일 온라인 상점에 제품을 올린다고 바로 매출이 나오는 것도 아니다. 아무리 새로고침을 눌러봐도

신규 주문은 0이었다. 그렇게 처져있다 기분 전환 삼아 오랜만에 동네 카페에 가서 좋아하던 아이스 라테를 주문하는 사치를 감행했다. 그때 친구를 만나러 서울에 나간 남편에게 급하게 전화가 왔다.

"오늘 제주도 갈래?"

그가 전화한 시간은 오후 4시. 사연은 이랬다. 우리가 남미 여행을 하다 일정을 앞당겨 3월에 한국으로 귀국하게 만든 장본인인 친구의 결혼식이 결국 6월로 밀렸고, 식을 마친 후 신혼여행을 간 참이었다. 모리셔스 대신 예약한 제주도 숙소는 굉장히 비쌌는데, 그마저 방 2개의 풀 빌라로 업그레이드를 받았단다. 본인들은 스냅사진 촬영으로 하루 종일 그 좋은 곳을 비워두기 너무 아까우니 너희라도 와서 좀 뽕을 빼란다. 신혼여행에 친구를 초대하는 남다른 배포의 친구였다. 그렇다고 신혼여행에 눈치 없이 따라가는 사람이 있을 리… 여기 있다.

"어? 제주도? 지금? (버퍼링 중) 대박. 일단 콜! 비행기 표 사자."

버스 안에서 그 사이 남편은 비행기 표를 사버렸고, 이륙까지 남은 시간은 불과 두 시간 반이었다. 월요일 퇴근 시간을 고려하면 공항버스를 일찍 타야 했다. 고로 나에게 남은 (짐 싸고 렌터카를 예약하는) 시간은 삼십 분도 채 되지 않았다. 큰맘 먹고 시킨 아이스라테가 아직 반이나 남았지만 어쩔 수 없었다. 회사에서 배운 기술(남에게 일시키기. 회사에서는 '일 분배'라고 표현하지만 결국 본질은 같음)로 엄마에게 렌터카 예약을 부탁드렸고, 그 사이 나는 집으로 달려와 캐리어를 꺼내어 옷과 충전선 따위를 우당탕탕 욱여넣었다. 이 와중에 비행기 표 예약을 하고 본인의 짐 리스트를 일목요연하게 보내온 남편과는 달리 나는 그냥 옷장에 있는 옷을 때려 넣음으로 우리의 확연한 성격 차이는 드러났다.

어쨌든 약속 장소에 도착하자마자 인사만 하고 공항으로 나온 남편과 김포공항에서 재회했다. 마치 야반도주하듯 공항에 와 익숙한 남편 얼굴을 보니 다시 세계여행을 떠나는 기분이 들었다. 몇 시간 전까지 무기력하다고 징징대던 같은 사람 맞는지? 그렇게 다녀온 제주도 2박 3일 여행은 약발 좋은 보약 한 첩을 먹은 기분이었다. 일상에 익숙해질 때쯤 비 일상으로 넘어오니 일상이 다시금 새로워졌다. F5 새로고침 키를 누른 듯했다. 나에게 필요한 건 맛집에 가고 유명한 카페에 가는 것보다 고갈된 에너지를 급유하는 게 급선무였다.

벌써 두 번째 제주살이를 하고 있는 세계여행 선배 메밀꽃 부부와 오래간만에 재회해 마음속 이야기를 터놓았다. 세계 일주를 시작했을 때도 치앙마이에서 한 달간 동네 이웃으로 지내며 많은 도움을 받았는데, 여행 후에도 이어졌다. 선배들 앞에서 막막하고 조급하다며 징징거렸다. 프리랜서 여행자 8년 차인 메밀꽃 부부는 치앙마이 때처럼 좋은 말을 많이 나누어주었다. 시간이 필요한 일에 조급해하지 말자고. 나에게 시간을 주기로 했으면 믿고 기다려주자고. 다시 한 번 한 템포 천천히 인생을 살아보자고 다짐할 수 있던 고마운 시간이었다.

5개월 후 다시 제주에 왔다. 이번에는 조금 길게, 최소 한 달 이상 지낼 짐을 싸들고 내려왔다. 매번 제주도를 떠날 때마다 아쉬워 이참에 길게 있어보기로 했다. 그렇게 보름이 지나고 우리 부부는 두 손에 계약서를 쥐고 다시 김포 행 비행기에 올랐다. 그저 조금 긴 여행을 하려던 게 일 년 살기로 이어질 줄은 상상도 하지 않았다. 이게 다 지내는 내내 날씨가 좋았던 탓이다. 그리고 보름간 머물던 공간 때문이었다. 같은 시기에 세계여행을 했던 부부 여행자가 이제 갓 제주살이를 시작한 곳에서 지내며 그들과 매일 밤 앞으로의 삶에 대한 이야기를 나누며 마음이 동했다. 여행을 하며 만난 적은 없지만 이제라도 인연이 되어 참 좋다는 생각이 들었던 두 분을 보면서 우리도 일 년 동안 이렇게 살아봐도 괜찮을 것 같은 마음이 스멀스멀 올라왔다. 집 구경하는 데 돈 드는 건 아니니까 하나둘 재미 삼아 집을 알아보다가 일이 커졌다. 덜컥 계약금을 입금하고 계약서까지 쓰게 된 것이다.

열한 곳의 집을 구경했고 그중 마지막 집을 운명처럼 만났다. 그 와중에 부동산 사기를 당할 뻔하기도 했다. (계약 직전까지 갔으나 등기부등본이 이상해 계약하지 않았다.) 그냥 여행만 하다 다시 서울로 올라가라는 계시인가 보다. 마음을 접었다 이내 다시 오일장 닷컴 사이트(제주도의 '직방'같은 사이트)를 기웃거렸다. 자기 전까지 보고 일어나서도 봤다. 하도

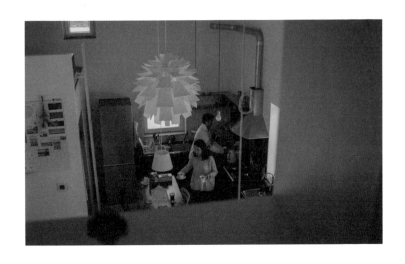

많이 봐서 그 집이 다 그 집 같아 보이기 시작할 때쯤 남편이 자고 일어
나 눈도 게슴츠레 뜬 나에게 핸드폰 액정을 얼굴에 들이댔다. 이 집 네
가 완전히 마음에 들어 할 거라며 잔뜩 신나 했다. 어젯밤 제주살이 카페
에 정보를 얻으려 등업하기 위해 글을 써야 해 우리의 상황을 써서 대충
올렸는데, 그 글을 보고 쪽지를 주셔서 알게 된 집이라 했다. 부동산 소
개로 봤던 여타 다른 집과는 달리 본인들이 직접 지어 살고 있던 집이었
다. 육지에서 일하게 되어 잠시 내놓는데, 홈페이지까지 만든 정성에 그
들의 집은 보지 않아도 좋을 것 같았다.

　알콩달콩하게 지낼 수 있는 부부가 왔으면 좋겠다는 소개 글에 이거
딱 우리네, 느낌이 왔다. 사진을 보니 남편의 확신대로 인테리어와 집 위
치까지 모두 내 스타일이었다. 하지만 우리가 찾던 집의 조건에 부합하
지 않을뿐더러, 약간 비싼 감이 있어 마음을 주지 않았다. 견물생심을 민

는 나는 아예 보지도 말자 했지만, 그래도 연락을 주셨으니 구경만 해보자며 제주를 떠나기 이틀 전 그 집을 방문했다. 귤나무와 매화나무가 있는 마당에 발을 디딜 때부터 좋았지만 현혹되지 말자 다짐했다. 주인 내외가 문을 열고 맞아주시는데, 집 전체를 감싸던 은은한 향과 잔잔한 음악에 또다시 마음이 흔들렸다. 신발을 벗고 들어가니 사랑스러운 스코티시 스트레이트 고양이 한 마리가 우리를 맞이해주었다. 이 집의 화룡점정이었다. 두 분의 반려묘로 우리 둘은 바로 KO당했다. 첫눈에 반해버렸다. 차 한 잔 마시고 가시라는 집주인의 친절함 덕에 찬찬히 집을 구경할 수 있었다. 사진보다 훨씬 좋던 인테리어가 눈에 쏙쏙 들어왔다. 감각이 예사롭지 않다 했는데, 역시 두 분은 디자이너였다. 방 하나부터 마당과 창고까지 두 분의 세심한 손길이 닿지 않은 곳이 없었다. 우리처럼 제주도 한 달 여행을 왔다 일 년을 살게 되고 땅을 사서 집까지 지어 3년을 살게 됐다는 부부는 인상도 참 좋으셨다. 게다가 부부가 함께 요가 수련을 하고 있었고, 세계여행을 가고 싶어 하셔서 우리가 나눠드릴 이야기도 많았다. 그렇게 우리 부부는 마음을 홀딱 빼앗겼다.

월세, 기회비용 등을 차치하고 취향이 맞는 부부의 공간에서 일 년을 살게 된다면 얼마나 행복한 순간이 자주 찾아올까. 하고 싶은 것만 해도 짧은 인생이니까, 우리의 젊은 날을 제주에서 보내보기로 했다. 연세만 보면 줄을 서서 산다는 명품 백 하나 가격이다. 가방 하나 살 가격에 이 멋진 공간에서 일 년 동안 살 수 있다니 그걸로 됐다. 마당도 넓고 고양이를 키우시길래 혹시 사모예드를 키워도 괜찮겠냐고 여쭤봤다. 우리가 가진 예산보다 조금 초과해서 혹여 조금 깎아주실 수 있는지도 함께. 고민하시는 하루 동안 혹시 다른 분과 계약하셨을까, 그냥 들어오지 마세요, 하면 어떡하지? 오만가지 걱정을 했다. 소개팅을 하고 마음에 든 상대방의 연락을 기다리는 기분이었다. 그렇게 다음날 카페에서 마음을 진정시키고 커피를 마시고 있던 때 띵동! 문자가 왔다.

"우오오오, 문자 왔다!"

얼굴에 화색이 돈 채 남편이 외쳤다.

"오오오오, 뭐라고 하셔?"

그의 표정을 보니 긍정적인 것 같아 들떴다.

"강아지 키우는 건 어려울 것 같다시네. 그런데 월세는 깎아주셨어!!!"

귀인을 만났다. 시간 괜찮으면 계약서 쓰면서 저녁 한 끼 하자는 초대까지 해주신 대인배. 그날 저녁 바로 계약서를 쓰러 갔다. 전날엔 차를 얻어 마시며 두 시간 넘게 수다를 떨었는데, 그날은 저녁까지 얻어먹으며 세 시간을 있었다. 두 번째 본 집은 더 예뻤다. 게다가 계약서를 쓰다 집주인 분과 성이 같다는 사실을 알았다. 흔하지 않은 성이라 계약서만 보면 마치 가족끼리 계약한 느낌이었다. 좋은 언니가 생긴 기분이다. 늘 아빠나 남편 아래 세대원으로 들어가 있다 처음으로 세대주가 되어 내 이름으로 된 계약서를 썼다. 그것도 주소가 제주도라니. 마스크를 넘어 비집고 나오는 웃음을 숨길 수 없었다. 그렇게 우리는 2021년을 온전히 제주도민으로 보내게 됐다.

이렇게 삶은 의지와 우연이 뒤섞여 우리를 재미있는 곳으로 데려가고 있다.

친구의 죽음. 우리는 지금, 여기에서 행복해야 해

반 년 전만 해도 아프리카에서 함께 텐트를 치고 농담 따먹기를 하던 나의 친구가 갑자기 하늘나라로 떠났다.

아프리카를 여행하며 매일 약 400km를 달렸다. 뜨거운 물은커녕 물도 졸졸 나오는 캠핑장에서 매일 입이 돌아갈 듯한 추위에 잠을 자는 강행군이었다. (누가 아프리카는 덥다 했는가! 8월의 남아프리카는 밤 온도가 5도로 내려갈 만큼 추웠다.) 고생을 하면 친해지는 건 만국의 법칙. 우리는 네덜란드에서 온 66세 톤 아저씨 부부와 급속도로 친해졌다. 나이는 숫자에 불과하다는 깊은 깨우침을 준, 앞에서도 언급한 그였다.

매일 텐트 옆자리를 쓰며 같이 텐트를 치고 하루 종일 붙어있었다. 그보다 절반도 살지 않은 나는 텐트 한 번 치고 나면 체력이 방전되는 반면 아저씨는 시종일관 에너지가 넘쳤고, 모든 친구들에게 먼저 장난을 걸 정도로 유쾌하셨다. 밤에는 텐트 너머로 그의 코고는 소리가 들려오곤 했지만, 그마저도 정겨웠다. 우리도 꼭 저렇게 늙자고, 젊고 유쾌한 성품을 잃지 말자고 자주 남편과 이야기했다. 나의 가장 최고령 친구는 그렇게 우리 부부에게 큰 영감을 주었다. 스무 밤이 지나고 케이프타운에서 5,600km를 달려 빅토리아 폭포에서 헤어지던 날, 일부러 아저씨와의 작별을 가장 뒤로 미뤘다. 가장 정이 많이 든 그와의 이별에 눈물이 글썽였다. 그래도 따뜻하게 포옹할 수 있었던 건 머지않은 미래에 다시 만날 것 같았기 때문이다.

그로부터 6개월 후 밸런타인데이에 그는 거짓말처럼 하늘나라로 떠났다. 그의 아내 마리얀이 출근할 때만 해도 함께 농담을 나누고 차를 마셨다는데. 퇴근하고 돌아와 발견한 그는 이미 떠난 후였다. 주변인들의 상실은 이루 말할 수 없겠지만, 지구 반대편에서도 마찬가지였다. 물리치료사로 일했기에 누구보다 몸 관리도 잘했던 그가, 항상 유쾌하고 긍정적이었던 그가 이렇게 갑자기 떠났다는 게 믿기지 않는다. 이제 막 정년퇴직을 하고 고양이와 함께 편안한 생활을 시작한 참이라고 하셨는데 말이다.

인생은 너무도 짧다. 뭐 좀 해보려고 하면 언제고 끝나도 이상할 게 없다. 그러니 우리는 지금, 여기에서 행복해야 한다. 사랑하는 사람들과 시간을 보내고 오늘 먹고 싶은 아이스 아메리카노를 참지 않는 것. 내 하루를 아껴주고 귀하게 여기는 건 내 몫이다.

매일같이 불평하던 회사를 그만두고 세계여행을 다녀왔어도 종종 하루의 소중함을 잊곤 한다. 여행에서 대단한 걸 얻는 대신 시간을 축낸 것처럼 느껴질 때, 인생은 이렇게 짧다는 사실을 상기한다. 이리저리 재볼 시간에 좋아하는 일을 하나라도 더 해야 한다. 여행을 소화시키는 지금이 시간, 그간 해보고 싶었던 일들은 다 해보자고. 그래야 하늘에서 네덜란드 친구가 우리 부부를 지켜보며 미소를 짓고 있을 것 같다.

책방 창업 & 작가

키만소리&효섭

2년 동안 디지털 노마드로 세계여행을 했다.『엄마야, 배낭 단디 메라』,『55
년생 우리엄마 현자씨』를 출간한 작가이자 출판사 대표. 여행을 하며 첫 책
을 냈고, 조지아에서 6개월간 셰어하우스 운영, 헬프엑스, 호스티 등 다양
한 방법으로 돈을 벌며 여행했다. 현재는 출판스튜디오 '쓰는 하루'를 운영
하며 출판사와 북카페 대표, 글방 에디터가 되었다. 여행만 하기도 벅찬데,
여행과 일을 병행하고 한국에 돌아와서도 새로운 일을 실행하는 그들의 이
야기를 들어보았다.

1. 현재 어떤 일을 하고 계신가요?

'누구나 작가가 될 수 있는 곳' 출판스튜디오 '쓰는 하루'를 운영하고 있습
니다. 출판사를 운영하며 책을 만들고 서점, 도서관, 대학교에서 출판 강연
을 합니다.

2. 여행하면서 다양한 일을 하셨어요.

어쩌다보니 여행을 하면서 디지털 노마드, 여행에세이 출간, 셰어하우스 운
영, 헬프엑스, 요가, 살사 여행 등 다양한 프로젝트를 진행했어요. 모두 계획

하고 떠난 건 아니었어요. 여행 출발 한 달 전에 운이 좋게 브런치 출간 프로젝트 대상을 수상하면서 출간 계약을 맺고 떠나게 되었어요. 덕분에 첫 번째 책 『엄마야, 배낭 단디 메라』를 작업하면서 디지털 노마드를 경험했죠. 여행지 숙소를 구할 때도 컴퓨터를 할 수 있는 책상 있는 곳, 카페에서도 책상을 찾아다니면서, 디지털 노마드가 쉬운 게 아니구나를 많이 느낀 것 같아요.

디지털 노마드로 여행을 다니다보니 자연스럽게 작업실을 갖고 싶더라고요. 그래서 조지아에선 셰어하우스를 오픈했어요. 여행자들과 교류도 하고 수입으로 생활비를 충당하니 경비 부담도 덜었죠. 또 헬프엑스(HELPx: 일손이 필요한 집주인과 도움을 줄 수 있는 여행자가 만나 서로 노동과 숙식을 교환하는 형태), 호스티(hostie: 케언즈에서 운영하는 리브어보드(Live aboard) 봉사자. 배 위에서 스태프 활동을 하며 무료 스킨스쿠버를 즐길 수 있다.) 프로그램을 이용했어요. 특히 호주, 뉴질랜드 같이 물가 비싼 곳에서 리로케이션(re-location: 편도로 캠핑카를 이용한 고객들의 차량을 출발지로 가져다주는 대신 매우 저렴하게 빌릴 수 있다.)을 하며 캠핑 경비도 절약했죠. 돈 주고도 할 수 없는 경험을 해보고 싶어서 선택했는데, 동시에 돈도 절약할 수 있으니 일석이조였죠. 여행을 떠나기 전엔 전혀 생각지 못한 공간에 와서 이걸 하고 있다니, 그 경험들이 신기했죠.

3. 여행 후 한국에 돌아와 어떻게 지내셨나요?

키 만 소 리: 떠나기 진엔 여행에 꽂혔는데, 여행을 하면서 출판업계에 꽂혔어요. 제가 작가 활동을 하며 여행을 하니까 많은 분들이 책을 내고 싶다

고 말씀해 주셨어요. '1인 크리에이터 시대에 왜 출판이 어려울까. 그분들 얘기를 들으면 스토리가 너무 좋은데 왜 못할까. 그럼 우리가 해보자.' 해서 한국에 오게 됐죠. 그래서 올 때도 신났어요. 들어오는 게 있으면 비워내야 새로운 게 또 들어오는데, 여행을 길게 계속하면서 감흥도 덜해지고 비워내고 싶었어요. 누구나 작가가 될 수 있는 곳을 만들 생각에 정말 신나게 들어왔어요.

효 섭 : 와이프가 추진력이 좋아요. 번뜩이는 아이디어 기획을 하면 제가 현실로 만들어요. (웃음) 귀국하자마자 와이프는 정부 지자체에 사업 제안 및 미팅을 하러 다녔고, 저는 지금 운영하는 출판스튜디오 '쓰는 하루'의 셀프 인테리어 및 가구를 직접 만들었어요. 낮에는 국비 과정으로 인디자인 수업을 듣고 밤에는 서점 공사를 했어요. 덕분에 지금은 글쓰기 수업을 듣는 분들의 책은 제가 다 만들어요.

키 만 소 리 : 귀국하고 정말 바빴어요. 두 번째 책 『55년생 우리엄마 현자씨』 출간 제안을 받아서 출간 작업을 시작했거든요. 모든 게 서점 공사랑 맞물려서 했어요. 시간이 어떻게 흘렀는지 모르겠어요. 아직도 진행 중인 일이 많아서 세 번째 책은 아직 엄두도 못 내고 있어요.

4. 여행 중에 이 일들을 계획하신 건가요?

키 만 소 리 : 저희의 여행도, 여행이 끝난 후의 일들도 모두 계획하지 않았어요. 여행을 통해 우리의 삶이 어떻게 바뀔까! 그런 설렘을 안고 출발했기 때문에 지금의 일들을 유연하게 시작할 수 있었던 것 같아요. 귀국하기 전에는 간단한 출판 사무실로 계획했는데, 하다 보니 정부 지원금도 받게

되었어요. 덕분에 카페형 서점, 글쓰기 수업, 전시회를 모두 할 수 있는 출판 스튜디오 '쓰는 하루'를 만들게 되었습니다.

효 섭 : 사실 출발하기 전에 딱 하나 계획이 있었는데, 그게 바로 3년 정도 여행을 하다가 우리의 새로운 정착지를 찾자는 거였어요. 그런데 여행보다 더 하고 싶은 게 생겼고, 그 생각을 계속 하다 보니 여행이 눈에 안 차는 거예요. 그래서 한국에 가자, 하고 망설임 없이 오게 되었죠.

키 만 소 리 : 여행을 하면 식견도 넓어지고 하고 싶은 것과 에너지가 많아지잖아요. 하지만 반대로 내가 움직일 수 있는 경계가 좁아지는 느낌이었어요. 그래서 깔끔하게 정리하고 한국에 왔어요. 여행은 나중에 프로젝트 식으로 3개월 혹은 6개월씩 나갔다 오자 그렇게 생각하니 여행에 대한 미련도 없어지더라고요.

5. 여행 전에는 어떤 일을 하셨나요?

효 섭 : IT 데이터 다루는 개발 쪽 일을 했어요. 그래서 여행 다녀와서에 대한 부담은 없었어요. 갔다 와서도 우리 둘이 먹고 사는 정도는 제가 할 수 있겠다 생각했어요.

키 만 소 리 : 저는 프리랜서 작가 생활을 꾸준히 했어요. 또 여행을 떠나기 전엔 커피숍을 2~3년 운영하며 돈을 모았죠. 그래서 계속 혼자서 스스로 만들어내는 이런 생활은 익숙해요.

효 섭 : 처음에 공대생이 문과의 일을 하려니 무척 힘들더라고요. 이건 완전 창작의 영역이잖아요. 지금까지 쌓이온 거리이와 진혀 다른 길이니까 정신적으로도 힘들었어요. 또 회사원일 땐 회사의 미래 같은 건 신경 안 쓰잖

아요. 그런데 자영업은 퇴근이 없고 새로운 것에 대한 고민을 계속 해야 하니 머리가 아프더라구요. 하지만 지금은 둘의 일이 분업되고 견고해져서 시너지가 생기고 있어요. 여기까지 오는 데 오래 걸렸어요.

키 만 소 리 : 돈은 사실 지금 나가서 어떤 일을 해서라도 벌 순 있잖아요. 의의를 많이 두는 건 지금 하는 일들이 보이진 않지만, 우리의 브랜드나 가치 같은 것들을 만들어가고 있다고 생각해요. 그 과정에 소정이지만 돈도 벌고 있는 거라고 생각해요. 여기에 큰 의의를 두고 원동력 삼아서 하고 있어서 즐겁게 살아가고 있어요.

6. 여행이 끝나고 다시 일을 하는 것에 대하여

키 만 소 리 : 콘텐츠를 만드는 대부분이 30대 초중반으로 나이대가 비슷하더라고요. 그 이상인 분들의 대부분은 본업으로, 더 어린 분들은 커리어를 쌓으러 회사생활을 하시고. 저희 나이 때가 회사생활도 어느 정도 했으니 회사로 돌아갈 수 있지만, 새로운 걸 해보고 싶은 마음이 있는 것 같아요. 미래를 위해 투자하는 시기를 보내게 되는 것 같아요. 그래서 만나면 고민도 비슷해서 서로에게 응원과 격려를 보내게 돼요.

효 섭 : 여행은 인생을 바꾸는 게 아니라 나의 마음의 모양을 바꾼다고 생각해요. 본업으로 돌아갔을 때 예전보다 더 못 견뎌서 다시 나오는 사람도 있을 수 있고, 혹은 여행은 꿈처럼 남고 일 년 전과 지금을 똑같이 사는 분들도 있어요. 보여지는 것이 어떻든 예전보다는 만족스러운 마음으로 살아가는 것 같아요. 일을 돈벌이 수단이 아닌 인생을 유영하는 한 가지 수단으로 바라보는 것 같아요.

키 만 소 리 : 옛날부터 느낀 건데 하나를 하고 있으면, 그게 연결고리가 되어 새로운 일이 들어오더라구요. 남편은 이과생이라서 결과도출을 위한 가이드라인을 만들어놓고 그걸 따라가는데, 저는 문과니까 이걸 깨고 나면 여러 개가 생기고 거기서 또 이렇게 나오는, 미지의 세계에 설레는 타입이에요. 지금 하고 있는 일이 또 저희를 다른 곳으로 부를지 모르죠. 그래서 설레는 마음으로 하루하루를 충실히 살아가고 있습니다.

효 섭 : 제가 했던 일이 오류를 없애는 거니까 항상 경우의 수를 많이 생각하고 최적의 수를 찾아가는 방향으로 항상 머리를 굴려왔죠. 반면에 아내는 뭐든 하면 나올 거라고, 어떤 경우의 수가 나올까 다음 수를 모르는 삶을 살죠. 그래서 충돌할 때가 있었지만 이제는 저도 그런 삶을 즐기게 되었어요.

7. 여행으로 달라진 게 있나요?

키 만 소 리 : 여행가기 전에 이 여행이 끝나고 어떻게 살지보다 이 여행을 통해 우리가 어떻게 바뀔까, 지금은 전혀 생각지 못했던 무엇을 얻을까, 그런 설렘이 컸던 것 같아요. 그래서 여행 떠나기 전에도 이미 여행 다녀온 후였으면 좋겠다 생각했어요. 지금 생각지 못했던 걸 생각해내는, 식견이 넓은 사람이었으면 좋겠다 싶었어요. 그래서 퇴사와 가게 정리도 지금 이 안정적인 걸 어떻게 놓느냐에 대한 부담 없이, 이걸 놔야 새로운 걸 얻지 싶었죠.

효 섭 : 여행이 내 인생을 바꿔주겠지, 이런 생각보다는 여행을 하다가 또하고 싶은 게 생긴 것처럼 이걸 하다 또 다른 하고 싶은 게 생길 수 있잖아요. 예측을 못하는 거고 예측이 되면 재미도 없고. 그래서 공사하면서 2년 뒤엔 우리가 뭘 하고 있을까 얘기하며 셀프 인테리어를 했죠. 평상시에도 그

런 마인드가 많이 반영돼요.

키만소리 : 스텝이 위로만 올라가야 할 것 같은데 옆으로 왔다 갔다 하는 스텝도 있는 거니까. 그래서 여행 전 삶을 포기한 것도, 여행을 중단한 것도, 지금 생활도 후회가 없어요. 그래서 남들보다 조금 더 가볍게 도전할 수 있지 않나 싶어요.

8. 퇴사나 세계여행, 혹은 새로운 일을 고민 중인 사람들에게 해주고 싶은 말이 있다면?

뷔페에 가면 정말 다양한 음식이 있어요. 그 중에 우리는 보통 내가 아는 맛, 확실한 맛을 먼저 선택해요. 아니면 평소 먹어보고 싶었던 음식을 택한다거

나. 그 모든 결정이 바로 우리 경험에서 나와요. 인생도 비슷한 것 같아요. 무엇이든 많이 해보고 경험해봐야지 잘 선택할 수 있어요. 남들이 다 좋다는 것들이 나와 맞지 않을 수 있어요. 그건 내가 잘못된 게 아니라 나의 인생과 그 선택이 맞지 않은 거죠. 그러니 실패를 두려워하지 말고 아주 작은 거라도 해보세요. 이렇게 이야기하면 많은 분들이 "돈이 있어야 경험을 하지!"라고 말하세요. 세상에는 돈과 상관없는 경험들이 굉장히 많아요. 모든 것을 돈과 결부 지어서 생각하면 아무것도 못해요. 세상은 우리가 상상한 것 이상으로 무척 넓답니다!

Chapter 4

그 후 의
이 야 기

세계 일주하고 나서
달라진 게 뭐야?

"세계 일주하고 나서 달라진 게 있어?"

떠나기 전의 나도 궁금했으며 여행을 다녀온 이후에도 다른 여행자들의 대답이 궁금하다.

세계를 여행하고 얻은 것 하나를 꼽으라면 불안으로부터의 해방이다. 여행을 가서 돈도 억 소리 나게 써 놓고 무슨 배짱으로 부부가 재취업하지도 않고 사나 싶겠지만 정작 당사자들은 태연하다. 내가 원하는 것은 무엇이든 할 수 있다는 근거 없는 자신감이 든다. 무슨 일이든 시켜만 주면 다 해낼 수 있다는 패기와는 결이 다른 산뜻한 마음이다. 생전 처음 가보는 도시에서 손짓 발짓으로 의사소통을 하며 어떻게든 의식주를 해결하다보니 장착된 것일까. 어디에 떨어져도 먹고 지내본 경험이 몸에 아로 새겨졌다. 아무것도 정해진 게 없어도 궁극에는 어떻게든 살 수 있다는 걸 알 게 되니 정해진 게 없는 미래가 덜 불안하다.

여행 중 인도네시아 족자카르타라는 생소한 도시에 떨어진 적이 있다. 하필 1월 1일 휴일이라 도시는 조용했다. 정보가 많고 관광 인프라가 갖춰진 발리였다면 수월했을 텐데 족자카르타는 너무나 낯설었다. 공항에서 환전을 하고 유심칩을 사는 것까진 좋았으나 숙소까지 가는 택시비가 물가에 비해 터무니없이 비쌌다. 버스를 타면 400원에 갈 걸, 30배가 넘는 돈을 내고 택시를 타려니 납득이 되지 않았다. (그래 봤자 한화로 만 원 남짓이었는데…. 이 날 이후로 물가 저렴한 나라에서 교통비는 아끼지 않기로 했다.)

돌이켜봤을 때 가장 후회스러운 순간 중 하나인 이 선택으로 인해 폭우가 내리는 날 한 시간 반 동안 만원버스에 끼여 가는 사태가 발생했다. 더욱 최악은 버스가 예상과는 다르게 어떤 안내도 없이 경로를 이탈하는 바람에 결국 내려 택시를 타게 된 것. 이럴 거면 처음부터 택시를 탈 걸! 돈도 크게 아끼지 못하면서 체력과 시간을 땅에 버린 셈이다. 우여곡절 끝에 숙소에 도착했지만, 여전히 낯선 것투성이였다. 영어가 통하지 않는 현지 식당에서 입맛에 맞지 않는 음식으로 허기를 채우고, 작고 어두운 방에서 잠을 청했다. 여기서 일주일을 지낼 생각을 하니 막막해졌다.

그러나 이곳도 사람 사는 도시였다. 이튿날부터 우리는 세련되고 맛있는데 저렴하기까지 한 곳들을 골라 다니기 시작했다. (와이파이, 구글 지도만 있다면 하늘이 무너져도 솟아날 구멍은 있다.) 사람이 사는 곳은 결국에는 같다. 어디에 떨어져도 살 수 있다. 아프리카 나미비아의 통신 신호도 잡히지 않는 곳에도 슈퍼마켓을 가면 맛있는 식재료를 구할 수 있었다. 이런 식으로 백여 개가 넘는 도시를 누비면서 두려운 상황이 점점 줄어들었다. 어떤 상황에서도 자구책을 마련할 수 있다는 실감이 생겼

퇴사 전보다
불안하지
않습니다

다. 주체적으로 선택하고 결정에 책임을 진다면 불안할 것도 없겠구나.

불안하지 않다면 거짓말이겠지만

여행을 떠나기 전의 나는 늘 전전긍긍했다. 허울 좋은 회사 소속을 걷어낸 후의 내가 아무것도 아닐까 봐 상사 입맛에 맞는 일을 하고 입에 발린 소리를 아무렇지 않게 내뱉는 하루가 쌓일수록 서글펐다. 언젠가는 회사를 나오게 될 텐데 할 줄 아는 게 밥벌이와 상관없을까 봐 두려웠다. 나중에 태어날 아이와 함께하고 싶을 때 대출금 때문에 회사를 그만둘 수 없는 현실을 만들고 싶지 않았다. 그런데 퇴사를 하면 다시 돌아가고 싶어질 때 받아줄 곳이 없을까 봐 또 무서웠다.

세계여행자들은 저마다 한 번씩 한국에 들어오기 몇 주 전부터 구직 사이트를 들어갔다고 고백했다. 현실에 접속할 시간이 다가올수록 불안한 마음을 잠재우는 건 채용공고를 찾아보는 것뿐. 실제로 여행 전부터 이력서를 제출해 한국에 돌아오자마자 면접을 보고 바로 출근했다는 능력자도 있었다. 물론 사무실에서 이게 꿈인지 생시인지 가물가물한 현실 자각 시간이 찾아왔다고 덧붙였다. 내가 한 달 전에는 파리에서 와인을 마시고 있었는데, 지금 사무실에 앉아있는 나는 누구 여긴 어디인가.

여행을 결정하기 전 오래 고민했던 것들이 다녀와 보니 의외로 아무렇지 않았다. 기혼 여성은 경력이 단절되면 재취업이 어렵겠지, 돈 들어갈 데는 많은데 당장 친구들 축의금은 어떻게 내야 하나, 힘들게 들어간 회사를 내 발로 나오면 후회하지는 않을까 등. 여행 전에 사서 걱정을 했다. 막상 닥쳐보니 그런 일은 일어나지 않았다. 회사를 다니지 않는다고

아무 것도 안 하는 건 아니니까. 할 수 있는 여러 가지 일로 둘이 먹고 사는 정도는 벌 수 있다. 친구의 결혼 소식도 부담스럽지 않다. 매달 갚아야 할 대출금이 있다면 진즉 구직을 했을 거다. 다행히 집도 없고 차도 없고 아이도 없는 우리는 각자 몸을 건사하는 데 지장은 없다. 적게 버는 만큼 덜 쓰면 된다. 단순하다.

안정적인 내 집단을 벗어나보면 꼬리에 꼬리를 무는 불안은 비로소 해소된다. 영원히 내가 머물 수 있는 안전지대 같은 건 없다. 도시와 나라를 이동하는 여행을 하지 않아도 인생은 끊임없는 변화의 파도를 맞는다. 오백일의 여행은 무엇이든 영원할 거란 착각에서 벗어나게 해 주었다. 직장도, 건강도, 옆에 있는 사랑하는 사람들도 영원히 내 곁에 있지 않다. 끝없이 변화를 거듭하는 게 인생이라면 부유하는 게 내 자리일지도 모르겠다. 언제고 바뀔 수 있는 소속이나 직업에 안주하는 게 더 불안정한 게 아닐까. 그러니 불안은 잠시 넣어두고 지금 더 행복해져야 한다.

여행을 마치고 원래 하던 일이 아닌 다른 일들을 시도하고 있는 지금이 불안하지 않다면 거짓말일 것이다. 예전에 받던 월급 이상으로 벌고 싶은 의욕만큼 성과가 나지 않을 때 나는 여지없이 불안해진다. 동시에 회사원일 때는 생각으로만 그치던 일들, 도전하기 두려웠던 일들을 시도하며 점점 두려운 상황이 줄어들고 성과를 만들어내며 걱정이 한 뼘 없어지는 만족감은 불안감을 상회한다. 소속을 걷어내도 내 힘으로 살 수 있다는 자신이 생겨나고 있다. 회사와 계급을 떼고 내 실력만으로 번 돈은 체감상 더 많게 느껴진다.

그런고로 이제는 말할 수 있다. 이 여행이 무엇을 바꿔 놓았냐는 질문에 늘 불안했던 나를 불안으로부터 구원해주었다고. 그것이 여행에서 얻은 가장 큰 선물이다.

월급이 끊겨도
세상은
무너지지 않아요

회사를 나올 이유는 열 손가락이 부족하지만 다녀야 하는 이유는 한 손가락에 꼽을 수 있다. 월급! 이것이 끊기면 세상이 무너지는 줄 알았다. 물론 그런 일은 일어나지 않았다. 사람들은 미래의 고난으로 경험할 고통의 강도와 지속 기간을 과장하는 경향이 있다고 한다. 막상 해보면 별것 아닌데 막연한 공포를 과대평가해 두려움을 키우는 것이다. 월급에 취해 회사를 나오지 않았다면 보지 못했을 아름다운 세상과 새로운 길을 만났다. 월급쟁이 시절엔 사무실에서 일하는 화이트칼라 직업군이 가장 귀한 줄 알았다. 이제는 직업에 귀천이 없으며 모든 경험은 어떻게든 쓸모가 있다는 사실을 마음으로 안다. 아무리 퇴사한 사람들의 책을 읽고 이야기를 들어도 직접 해보기 전까진 모른다. 비단 퇴사만이 아니다. 여행, 요가, 모든 일은 자신이 경험한 딱 그만큼만 안다. 고민과 걱정만 하다 미래를 섣불리 재단하며 새로운 기회를 차단하는 우를 범하기도 한다. 문이 닫히면 새로운 문이 열린다는 진부한 말을 믿는다.

퇴사를 하고 여행을 해보니 의외로 체력이 강하다는 것 또한 알게 됐다. 등산은커녕 계단을 오르는 것도 피곤해 하던 내가 4,600미터의 산을 그 흔한 고산병 없이 잘 올랐다. 페루 여행을 해본 사람이라면 모두들어봤을 악명 높은 '69호수'. 페루 수도 리마에서 육로로 8시간을 가야나오는 와라즈, 여기서 3시간을 더 달리면 나오는 69호수는 4,600미터고산을 넘어야 영접할 수 있다. 건장한 성인 남성도 쓰러트리는 고산병을 이겨내야 도달할 수 있다. '죽을 뻔했다.'는 후기 일색에 3년 전 첫 번째 페루 여행 때는 깔끔하게 포기했다. 두 번째 여행 때는 떠나기 전날까지 후기를 찾아보며 고민했다.

'비 예보가 있던데 사서 고생하지 말고 그냥 숙소에서 넷플릭스나 볼까?'

'그래도 리마에서 버스 타고 왕복 16시간이나 걸리는 이곳까지 왔는데, 이번에도 포기하면 너무 아쉽지 않을까? 넷플릭스 보려고 온 건 아니잖아.'

결국 나보다 의지가 강했던 남편을 따라 후자를 택했다.

그런데 막상 등산로 초입에 도착하자 비 예보와 달리 반짝 해가 났다. 정상을 향해 가는 길이 눈부시게 아름다워 걷는 내내 감격스러웠다. 게다가 나는 고산병 약이 기가 막히게 잘 드는 약발 좋은 놈이었다! 그렇게 고산증세 없이 3시간이었던 목표시간보다 25분 앞당겨 정상에 오를 수 있었다. 우기에 가면 7시간의 등반 시간 중 한 번은 비를 맞거나 정상에 올라도 구름이 자욱해 설산은 못 보는 경우가 허다하다고 했다. (후기를 하도 많이 봐서 축적된 데이터가 많다.) 그런데 우리 눈앞엔 구름 한 점 없이 깨

퇴사 전보다
불안하지
않 습 니 다

끗한 설산과 세상에 존재하는 줄 몰랐던 색의 호수가 완벽하게 펼쳐졌다.

말로 다하지 못할 멋진 풍경 앞에서 나는 못해, 남들이 어렵다니까 나도 힘들 거라고 지레짐작해 포기한 시간들이 떠올랐다. 나 스스로를 과소평가하고 있었던 것이다. 포기했다면 이런 장관을 평생 보지 못했겠지. 이런 식으로 짐작하고 시도하지 않았던 일은 얼마나 많았던 걸까. 해보기도 전에 마음을 접으며 포기한 즐거움은 얼마나 많았을까. 퇴사하기 전 '회사 밖은 지옥'이라는 아무개의 말만 듣고 회사를 꾸역꾸역 다녔던 것과 같다. 월급이 없는 회사 밖 세상에 와보니 가시밭길도 있지만 꽃길도 있다. 가시밭길이면 또 어떤가. 다시 돌아 나와서 다른 길을 가보면 된다.

그 후로 지레 겁먹고 도망치기 전에 한 번이라도 해보기로 다짐했다. 요가 동작 중 몸을 뒤로 젖혀 활처럼 만드는 자세(우르드바 다누라아사나)가 있다. 보통 등을 바닥에 대고 팔을 뻗으며 접근하는 게 일반적인데, 숙련이 되면 선 자세에서 거꾸로 접근할 수 있다(드롭 백). 그리고 오뚝이처럼 다시 하체 힘으로 올라오는 게 완성(컴업). SNS에서 보기만 했던 현란한 '드롭 백-컴업'을 나는 이번 생에 못할 줄 알았다. 그런데 이 드롭 백 컴업이 한국에 와서 만난 선생님 덕분에 한 달 만에 내게 와주었다. 무서워서 주춤거리던 나에게 선생님의 은혜로운 손길이 닿았다. 이 자세가 안됐던 이유는 뒤로 넘어가는 순간 쿵, 무너져 허리가 다칠 것 같은 두려움이었다. 그런데 막상 해보니 중심만 놓지 않는다면 기껏해야 머리를 바닥에 콩, 찧는 정도였다. 넘어지면 뇌진탕에 걸리는 줄만 알았는데, 기껏해야 별이 조금 보이는 정도(?)였다. 우려만큼 크게 다치지 않앉다. 넘어져도 별일 없었다.

결국 퇴사든, 여행이든, 요가든 뭐든지 해보면 아는 거다. 그까짓 거 별거 아니란 걸, 그리고 경험은 뭐든 쓸모가 있다는 것. 결국 하고 싶은 말은 내 일을 귀하게 대하는 태도와 나를 믿어주며 과소평가하지 않고 행동하는 것. 이 두 가지면 나의 세계는 확장된다. 월급이 없어도 세상은 무너지지 않는다. 뭐든 해보면 별것 아니란 것을 알려면 가지고 있는 것을 놓아야 할 때도 있다.

사모예드를 키우는
돈 많은 프리랜서가
되고 싶어

퇴사를 하고 세계를 여행하며 그토록 찾아 헤맨 꿈을 드디어 찾았다. 사모예드를 키우는 프리랜서가 되는 것. 가난한 프리랜서 말고 좋아하는 일 여럿으로 월급 이상을 버는 엔(N)잡러로 살고 싶다. 새로운 장래희망은 월급 열심히 모아 서울에 내 집을 마련하겠다던 퇴사 전의 자본주의스러운 꿈보다는 한껏 구체적인 것 같다. 하얗고 큰 강아지를 충분히 책임질 만한 여유가 생기면 고양이도 키우고 싶다. 그리고 우리 부부를 닮은 아이도 만나고 싶다. 비록 한국에 돌아와 열 달이나 친정집에 얹혀 지냈지만 말이다. 옆에서 대파를 다듬던 엄마가 듣더니 꿈도 참 크다며 기가 차 했다. 얼른 다시 취업해서 안정적으로 월급을 받으며 살길 원하는 부모님 바람과 자꾸 엇나간다. 만에 하나 재취업을 하게 되면 회사 근처로 거취를 정하고 싶어 임시로 친정에서 지낸 게 거의 일 년이 됐다. 다 큰 성인 둘이 하루 종일 집에 있으니 그걸 지켜보는 부모님 속은 갑갑하

고 잔소리를 참느라 힘드셨을 거다.

늘어져있기엔 부모님 눈치가 보여 나름대로 생산적인 하루를 보내려 애를 썼다. 무난한 재능으로 회사 월급 없이도 살아남을 수 있을지 시험에 돌입했다. 처음 몇 달은 큰 성과 없이 모아둔 돈을 까먹었다. 생활비를 계산하니 이대로라면 여섯 달을 버틸 현금밖에 남지 않았다. 다행히 이후 각자 하는 일에서 조금씩 수입이 생겼다. 물론 합쳐도 예전 회사에서 받던 연봉에는 한참 부족하지만.

물욕이 없어졌고 큰 불편함도 없지만 언제까지 이렇게 적게 벌며 살고 싶지는 않다. 좋아하는 아이와 반려 동물을 다 행복하게 책임지려면 돈이 필요하다. 게다가 가끔 비싼 초밥도 사먹고 싶다. 여행을 하며 절절이 느낀 건 돈은 많을수록 좋다는 자본주의 논리였다. 돈이 적어도 행복하게 살 수는 있지만, 많을수록 몸이 편해지는 건 사실이다. 17시간 동안 멀미하며 차로 달릴 거리를 비행기 1시간이면 갈 수 있고, 그만큼 아낀 시간과 체력으로는 놀든 일하든 능률도 좋다.

먹고사는 현실적인 문제

회사를 나와 논 지도 어느덧 2년이 넘었다. 두 돌이면 울기만 하던 갓난아기가 뛰어다니고 말도 하는 시간이다. 이등병이 병장이 되어 제대를 하고도 남았다. 긴 시간을 지나왔지만 나는 여전히 회사원으로 돌아가고 싶지 않다. 싫은 일을 소거하다 보니 어떻게 살아야 할지 명확해지기 시작했다. 영화 「카모메 식당」의 핀란드에서 일식당을 하는 주인공 사치에도 "하고 싶은 대로 살아서 좋겠다."는 물음에 이렇게 답하지 않았는가.

"하고 싶은 일을 해서 행복한 게 아니라 하고 싶지 않은 일을 하지 않아서 좋아요."

여행 막바지에 들른 이과수 폭포의 장엄함을 온몸으로 느끼고 나니 더욱 명료해졌다. 이과수 폭포에서 가장 유명한 '악마의 목구멍' 앞에 서니 만감이 교차했다. 우스갯소리로 이 폭포를 1분간 보면 근심이 사라지고 30분 동안 보면 영혼이 빨려 들어간다고 한다. 다행히 영혼은 멀쩡했지만 이대로 저 물줄기 안으로 빨려 들어가 죽게 된다면 여한이 있을까, 라는 생각이 불현듯 들었다. 흔히들 세계여행은 죽기 전에 해보고픈 버킷리스트라는데 나는 서른에 해버렸다. 그럼 세계여행을 다녀온 내가 지금

죽는다면 여한이 없을까? 전혀! 세상에 아름다운 것을 목격할수록 더욱 욕심이 생긴다. 이 멋진 세상을 즐기면서 더 오래도록 살고 싶다. 여한 없이 인생을 즐기고 싶다는 생각과 함께 '싫은 사람과 하기 싫은 일'에서 격리하는 건강한 생활을 영위해야겠다고 다짐했다. 좋은 것만 하기에도 우리의 삶은 너무 짧으니까.

돈은 많을수록 좋다는 진리와 함께 세계여행을 하며 느낀 다른 하나는 시공간 제약 없는 자유의 달콤함이다. 퇴직금은 다 쓴 지 오래고 언제까지 모아둔 돈을 야금야금 쓸 수는 없다. 다시 돈을 벌어야 하지만 자유가 보장되는 환경에서 벌고 싶다. 그런데 이 질문 다음으로 진도가 나가질 않았다. 가장 쉬운 길은 다시 회사원이 되어 월급을 받는 건데, 그렇게 되면 시공간의 자유가 박탈당할 수밖에 없다. 답이 나오지 않을 땐 "인생은 어떻게 할까가 아니라 무엇을 할까에 달려 있다."는 태국 빠이 길거리 화가의 말을 다시금 떠올린다.

결국 '어떻게' 회사에 가지 않고 월급만큼 벌 수 있을지 고심하는 대신, '무엇을' 할지 결정하고 한 걸음씩 실행하면 되는 거다. 불안에서 벗어나는 유일한 해결책은 되든 안 되든 뭐든 시작하는 것이니까. 우리가 여행을 마치고 세운 계획은 '최소 일 년 간 회사에 돌아가지 않기'였다. 월급만큼 벌 수 있는 여러 가지 파이프라인, 즉 돈 벌 거리가 필요했다. 그중 하나로 여행하며 영감을 준 많은 에어비앤비 호스트들처럼 공간을 운영해보고 싶었지만, 현실은 바이러스 대유행으로 인해 얼어붙은 여행 시장이었다. 해보기도 전에 플랜B가 필요해졌다. 개발이나 디자인 같은 전문적인 능력이 없는 평범한 비전문직 문과 출신이 생각해낸 N가지 일은 8개.

사업: 스타트업 창업을 하거나 초기 회사에 합류해 함께 키워가기. (세계여행 중 아이템을 발굴하겠다는 꿈은 좌절된 지 오래.)

상품 판매: 온라인이나 실제 매장을 만들어 물건을 판매한다. 스마트스토어, 쿠팡 혹은 아마존 셀러. (가장 현실적인 대안이나 레드오션이 된 지 오래.)

부동산: 단기간에 집주인이 되긴 글렀으니 임대한 공간을 에어비앤비나 대여로 수익을 얻는다. (언제쯤 자유롭게 여행하던 때가 돌아오려나.)

SNS로 돈 벌기: 유튜브, 블로그, 인스타그램 등 개인 채널에 콘텐츠를 만들어 올리고 광고 수익을 얻는다. (이대로는 유명인이 되기엔 요원해 보임.)

저작권료: 사진, 영상 혹은 책으로 인세 받기. (이 책이 많이 팔리길 바라지만, 베스트셀러가 되지 않는 한 책 판매만으로 큰돈을 벌기 어렵다.)

동산: 주식 투자를 하거나 배당금을 주는 회사에 투자. (퇴사하며 팔지 않은 자사주 배당이 조금 나오나 7년이 지났는데도 투자 수익이…. 이하 생략)

프리랜서 마켓에 재능 판매: 알고 있는 지식을 전자책으로 만들어 판매 혹은 요가 수업을 하거나 프리랜서 마케팅을 할 수 있다. (세상은 넓고 재능 있는 사람은 참으로 많다.)

아르바이트: 강아지 산책시키는 아르바이트 시급이 만오천 원이라던데. 카페나 배달 알바를 할 수도 있겠다. (이러려고 회사 나왔나 자괴감 들 수 있음.)

이 중 당장 돌아와 한 일은 네 가지였다. 나는 상품 판매와 책 쓰기를, 남편은 주식 투자와 유튜브를 했다. 지지부진한 날들이 이어지다 서너 달이 지나며 그간 뿌려놓은 씨앗들이 하나둘 발아하기 시작했다. 네다

섯 달째 되던 여름부터는 조금씩 노동과 투자 수익이 생겨났다. 남편은
꾸준히 올린 콘텐츠 덕에 책, 강의 등 다양한 협업 기회를 얻었다. 나는
몇 달 후 스타트업 초기 멤버가 됐고, 제주에 내려와서는 과외로 중고등
학생들을 가르치기도 하니 부동산 빼고 다 한다.

　하루에 가장 많은 시간을 할애하는 일은 스타트업 일과 상품 판매다.
재택으로 일하며 미팅은 화상으로 한다. 남는 시간에는 부모님이 운영
하는 가게의 제품을 온라인에 올려 판다. 여행을 하면서 디지털 노마드
인 척 조금씩 손을 댔지만, 여행에 밀려 거의 방치했다. 본격적으로 해보
니 역시 어려웠다. 강의를 듣고 몇 시간동안 제품 사진을 찍고 상세 페이
지를 만들었지만 잘 나가는 상점과 비교할 때마다 좌절했다. 반년이 지

나니 관성이 생겨 한껏 수월해졌다. 다행히 매달 매출이 늘어 만족할 수준에 도달했다. 월 마감이 이렇게 재밌는 거였다니, 회사 다닐 때의 마감과는 사뭇 달랐다.

가끔은 SNS에 홍보하는 대가로 무료로 머리도 하고 필라테스도 하며 다이어트를 했다. 회사의 몇 안 되는 복지로 일 년에 세 번은 가던 호캉스도 여행 업체의 서포터즈 활동을 하며 갔다. 숙박을 제공받는 것도 좋았는데 우수 활동자로 선정돼 상금도 받았다. 글을 쓰고 원하는 서비스를 받는 상거래는 빈약한 잔고에 도움이 되었다. 이 외 여러 플랫폼 회사들과 협업을 하고 방송 작가들로부터 출연 요청 및 콘텐츠 취재 연락을 받기도 했다. 월급만큼 버는 유튜버가 되진 못했지만, 우리의 영상이 공중파에 방영되는 진귀한 경험도 했다.

그러고 보면 여행 중 재미로 했던 글쓰기(일간 백수부부)와 좋은 상품을 구해 팔아본 경험(발리, 포틀랜드 구매대행)이 지금까지 이어지고 있었다. 반면 남편은 근근이 올리던 첫 번째 유튜브 채널 대신 본인이 좋아하는 주식 관련 채널을 만들어 꾸준히 올리니 수개월 만에 구독자 수만 명이 넘었고 광고수익과 제휴 요청을 받게 됐다. 주식 공부를 하며 개인 투자와 크리에이터, 두 마리 토끼를 잡고 있다. 꾸준히 영상을 올리다보니 관련 서적을 출간하는 기회도 얻게 됐다.

우리 부부는 다작을 꿈꾸는 농부들처럼 여기저기에 씨앗을 뿌리고 있다. 조상님들은 구슬이 서 말이라도 꿰어야 보배가 된다고 하셨다. 주 40시간을 정규직으로 일하는 대신(보배) 작은 일들(구슬)을 엮어내고 있다. 그 와중에 3주 동안 공들인 온라인 요가 코치 모집에서 떨어지기도 했고, 신규 주문이 빈약한 날에는 마음이 쪼그라든다. 시간을 쏟은 만큼 성과가 나지 않아 속이 쓰릴 때도 있다. 뭐 하나에 몰입해야 성과가 날 것 같은데 그러기엔 내가 너무 쉽게 지루해한다. 이렇게 조금씩 벌어 어느 세월에 또래들이 받는 연봉만큼 벌 날이 오긴 할까 자주 의문이 든다. 친구들은 쾌속선을 타고 가는데 우리는 뗏목을 타고 하류로 둥둥 떠내려가는 게 아닐까.

뜨거웠던 여름을 지나며 한 치 앞이 보이지 않던 새로운 삶에 대한 확신이 조금은 보이기 시작했다. 물론 안정적이지 않은 프리랜서라 미래가 쉬이 예측되진 않지만 버티는 근육이 생겨나고 있는 기분이다. 눈에 보이진 않지만 모든 운동 능력의 기본이 되는 코어 근육 같달까. 버티는 힘은 여러 가지가 될 수 있다. 돈, 자신감 혹은 오기까지. 뭐든 믿는 구석은 있어야 한창 돈 벌 나이인 삼십대에 한량 생활을 유지할 수 있다. 당장 수중에 있는 돈이라고는 마시고 싶은 커피를 사먹고 친구들 생일을 축하해줄 수 있는 정도지만 그게 나에겐 큰 버팀목이 되어준다. 회사원일 때에 비하면 돈은 조금 벌지만 내가 나를 먹여 살리는 기분이 좋다. 물론 애는 쓰지만 남과 비교하며 성과를 채근하며 지칠 때도 자주 있지만.

회사의 이름과 자원에 기대서가 아닌 내 기술과 능력으로 밥벌이를 한다는 자신감에 버티는 힘이 커졌다. 처음 플랭크를 할 때 30초를 버티지 못해 바들바들거리던 게 40초, 1분, 나중엔 3분도 단단하게 유지하는 것처럼 말이다. 아직은 40초 플랭크 수준이지만, 머지않은 미래에는 2분도 거뜬하리라는 믿음을 켜켜이 쌓아나간다. 버티겠다고 악을 쓰는 게 아니라, 덜 애쓰며 더 만족하는 일상의 기술을 조금씩 익혀가는 중이다.

서른이 넘어 적성을 찾고 있지만 한 군데 매여 있지 않은 지금이 만족스럽다. 온라인으로 상품을 팔고 새로운 사업을 만들어가는 하루를 보내기에 마케터로서의 경력이 단절되지 않았다고 여겨진다. 회사를 가야만 경력이 쌓이는 게 아니니까. 그저 막막할 줄 알았던 세계여행 후의 일상이 덕분에 조금씩 단단하게 중심을 잡아가고 있다. 내년 겨울 즈음에는 사모예드를 키우는 돈 많은 프리랜서가 됐으면 좋겠다. 여행을 하며 펫시터로 잠시 돌보는 대신 진짜 내 반려견을 키우고 싶다. 덩치 큰 하얀 개를 키우려면 지금보다 더 많이 벌어야 한다.

그래서 오늘도 노트북을 켜 씨앗을 뿌리고 물을 준다. 남들이 회사에 출근한 시간에 덩치 큰 하얀 개와 산책하는 날을 그리며.

계란은
한 바구니에
담는 거 아니랬어요

"계란을 한 바구니에 담지 마라."

주식을 잘 알지 못하지만 이 조언만큼은 귀에 못이 박히도록 들어왔다. 한 종목에 전 재산을 모두 투자하는 대신 여러 종목으로 분산시키는 게 좋다. 넘어질 때 한 바구니에 들어있던 계란 열 개가 다 깨지는 대신 하나만 깨지도록 위기를 미연에 방지하는 거다.

그런데 말이 쉽지 우리는 이 간결한 진리를 자주 망각하곤 한다. 주식도, 직업도, 인생도 마찬가지다. 자꾸 한 바구니에 계란을 담고 또 담아 위험 관리에 실패한다. 누가 귀띔해준 한 종목에 피땀 흘려 번 돈을 투자하기 십상이다. 내가 알 정도의 정보는 모든 이가 다 안다고 해도 과언이 아닌데 말이다. 그 대신 주식, 채권, 금 등으로 자금을 나누고 주식 중에서도 한국, 미국, 중국 등 나라를 나누고 그 안에서도 성장주, 가치주 등 최대한 분산시켜 사두면 위기가 왔을 때 최대한 타격을 줄일 수

퇴 사 전 보 다
불 안 하 지
않 습 니 다

있다. 야구로 치면 원 아웃 주자 1,2루 상황에서 병살타로 위기를 모면하는 격이다. 우리 역시 한국 주식만 있었다면 안타 한 방에 2실점할 걸 미국 주식 덕분에 1실점, 중국 주식까지 있어 무실점으로 막을 수도 있었다. 여행에도 동일한 원리가 적용된다. 긴 여행에는 목돈이 필요하다. 장기여행의 가장 중요한 팁 역시 카드를 여러 개로 분산하는 것이다. 여행 자금을 넣어둔 카드를 잃어버릴 경우를 대비해 이 카드 저 카드에 돈을 나눠두는 게 좋다.

일 년간 쓸 돈도 그런데 하물며 인생을 책임질 직업은 오죽할까. 평생 먹고살 수 있는 하나의 직장에 걸기엔 우리가 사는 세상은 너무 빨리 변한다. 나의 젊음을 바쳤을지라도 내 회사가 아닌 이상 언젠가는 모두가 나와야 한다. 사회생활을 시작하던 2013년만 하더라도 '평생직장'이 당연한 개념이었지만 이제는 코웃음 친다.

"요즘 시대에 (공무 제외) 평생직장이 어디 있나요."

설령 있다 한들 평생 한 곳에 있으면 얼마나 지루할까 싶다.

프리랜서도 마찬가지다. N개의 일 중에 글쓰기 혹은 요가 강사만 계획했다면 타격을 입었을 것이다. 내로라하는 글쟁이들도 밥벌이의 어려움을 토로할 만큼 글만으로 충분한 돈을 벌기는 어렵다. 요가 역시 코로나19가 극성일수록 수업이 대폭 축소되거나 취소되어 회당 급여를 받는 많은 강사들은 수입이 반 토막 났다. 부모님의 가게도 마찬가지다. 오프라인 매장만 바라보고 있었다면 코로나19로 사람들이 집에서 나오지 않아 매출에 직격타를 맞았을 거다. 반면 집에 머무는 시간이 많아지면서 인테리어 가구와 소품을 판매하는 온라인 스토어는 때 아닌 호황을 맞았다. 한 발짝 더 들어가면 온라인 스토어도 분산화 작업이 필요하다.

취향은 다양하고 채널은 많아 누가 어느 사이트에서 살지 모르기에 최대한 많은 제품을 다양한 곳에 올려두면 당연히 매출은 증가한다. A사이트에서 주문이 들어오지 않아 시무룩할 때 B사이트에서 주문이 들어오는 식으로 균형을 맞춘다. 결국 주식, 직업, 엔잡러, 스토어까지 모두 분산이 답이다.

엔잡러로 살아간 지 일 년쯤 되니 분산된 일상의 리듬이 자리 잡았다. 자정 전에 잠들어 여덟 시간 정도 자고 일어나 짧게 명상을 한다. 아침을 먹고 9시 주식 개장시간에 맞춰 일과를 시작한다. 남편이 주식을 볼 동안 나는 온라인 스토어와 스타트업 일을 한다. 점심 먹고도 반복. 그날 해야 할 일을 마치면 요가를 한다. 이 조합은 톱니바퀴처럼 맞물려 최적으로 나를 굴리고 있다. 좋아하는 일들의 조합으로 포트폴리오를 꾸려가며 각각의 일에서 취할 수 있는 재미와 돈을 따져 그에 맞춰 내 시간도 조각내 최소로 일하고 최대로 효율을 내려 한다. 한 달 후에는 또 어떻게 조합이 바뀌어 있을지 모르겠지만, 하나의 일이 아닌 여러 개로 분산되어 마음이 편하고 지루하지도 않다.

삶은 계란, 계란은 한 바구니에 담지 말라는 격언을 오늘도 새기며 하루에 세 가지 일을 한다.

스타트업
초기 멤버가 되다

그들이 왜 아침 6시 30분에 얼어붙은 거리에 나와 있는지
질문해 보았을까? 그리고 왜 그들은 5일 내내 똑같은 미친
짓을 반복하는 것일까? 이 깨달음이 돌연 내 뒤통수를 쳤
다. (중략) 그날 나는 기업가의 삶을 살기로 결정했다. 나
에게 다행스럽게도, 기업가정신은 꼭두각시의 끈을 싹둑
자르는 가위다.

– 엠제이 드마코 『부의 추월차선』(토트, 2013)

한국에 돌아온 지 반 년이 지나 정식으로 일을 하게 됐다. 당장 생활
비가 없어 재취업한 건 아니고 예전처럼 주 40시간을 일하는 정규직이
된 것도 아니다. 덕업일치를 할 수 있는 아이템(요가와 마케팅)으로 사업
을 준비하고 있는 스타트업의 초기 멤버가 됐다. 초창기라 명함과 사이

트도 완성되지 않았다. 아직 월급은 거의 없지만 처음으로 하고 싶은 일을 고른 기분이다.

'회사는 나에게 이 일을 시킨다.'가 아닌 '나는 이 일을 한다.'로. 여행이 끝나고 다시 일을 하게 된다면 목적어가 아닌 주어가 되길 바랐다. 그럼 내 사업을 해야 하는데 여행을 하며 낱낱이 본 나는 창업할 깜냥과 실력이 부족했다. 예전처럼 큰 조직은 싫고 창업도 어렵다면 스타트업이 최선의 조합이었다. 재택으로 일하고 월요일 아침 대신 토요일에 화상으로 주간 회의를 한다. 평일 저녁, 이른 아침 혹은 주말에도 화상으로 미팅을 하고 일을 한다. '워라밸'을 논할 수 없다. 그런데 일을 주체적으로 만들어가는 느낌과 내가 하는 만큼 미래가 창창해진다는 믿음이 있어 당장 벌이가 적고 일은 많아도 괜찮다. 배울 점 많은 팀원들과 함께 좋은 서비스를 기획하고 기반을 다지는 시간이 유의미하게 느껴진다. 퇴사를 하기 전과 긴 여행을 하면서 내가 다시 일을 할 수 있을까, 걱정한 것과 반대로 인생이 흘러가는 게 좋다.

새로운 기회에 대한 이야기를 하려면 시간을 15년 전으로 돌려야 한다. 고2 말쯤 되니 슬슬 내 성적으로 갈 수 있는 대학교가 그려졌다. 매일 울면서 수학 공부를 했지만 안 되는 건 안됐다. 모의고사 성적을 보아하니 수능으로는 승산이 없어 보였다. 그나마 내신 성적은 좋은 편이었고 수학보다 외국어 공부하는 걸 즐겼으니 수시 글로벌 인재 전형으로 방향을 틀었다. (저때는 이곳저곳에 '글로벌'을 붙이는 게 유행이었다.) 친구들이 수능 공부를 할 동안 토플과 미국 고등학생들이 보는 경제학 시험 따위를 공부했다. 고3 5월에 스페인어 능력 시험을 보고 있었으니 말 다했다. 여기서 떨어지면 수시도 수능도 모두 망치고 인생도 망하는 줄 알았던 시절에 절박했던 만큼 소위 말하는 스펙이라는 것에 매일 좌절했다. 화려한 대외활동과 수상이력이 어느 외곽지역에 사는 고등학생에게 있을 리 없었다. 어렸을 때 외국물 먹고 온 애들이 그제야 부러워졌다. 그래도 마른걸레 물을 짜듯 짜내고 짜내어(부모님 등골도 2개 정도 빼먹었다.) 결국 원하는 학교는 아니었지만 남들이 좋다고 하는 대학의 글로벌 전형으로 입학하게 됐다.

내가 대학생만 돼봐라. 스펙 준비 잘해서 취업할 때는 이 수모와 수고를 겪지 않아야지. 절치부심하며 들어간 대학교에서 참 많이도 빨빨거리며 돌아다녔다. 그러다 14년 후 나에게 창업 초기 멤버를 제안한 지인을 만났다. 대학생 마케팅 프로그램을 만든 그녀는 당시에도 차장님이었다. 토요일 저녁 7시부터 시작하는 힘들기로 유명한 커리큘럼인 대외활동이었다. 활동비로 청바지 몇 벌을 받은 게 전부지만 이 활동을 하는 내내 나는 뭔가 된 양 굴었다. 이걸 해내면 차장님처럼 멋진 커리어 우먼이 될 것 같았다. 촌티 나던 스무 살 대학생은 학교 수업보다 많던 과제를 하며 학점과 맞바꿨다.

그리고 4년 후 졸업반이 되어 취업 준비에 한창일 때 학교에서 주최한 모의 면접에서 우리는 다시 만났다. 그때는 아마 더 높은 직급이셨을 테다. 역시 토요일 저녁이라는 이상한 시간에 일을 하는 그녀를 존경해 마지않았다. 그렇게 아득바득 쌓은 스펙과 모의 면접 실력으로 원하는 회사에 들어갈 수 있었다. 졸업하고 사회생활을 시작하면서 그녀 생각을 자주 했다. 자발적으로 토요일 저녁 7시에 프로그램을 만들어 일을 했던 그녀를. 나였다면 어떻게든 평일 일과 시간에 욱여넣었을 텐데, 이래서 나와의 커리어 차이가 나는 거구나. 자괴감과 동시에 경외감을 주는 인물이었다.

어쩌면 여행 덕분에

퇴사하고 여행을 떠나기 전 시간을 내어 집 앞까지 와준 그녀는 요즘 제일 잘 나가는 회사의 임원이 되어 있었다. 다시 2년이 지나 여행에서 돌아와 다시 만났다. 전 회사가 있던 여의도에서 회사원들 점심시간이 끝난 한 시 반에 만나 늦은 브런치를 먹으며 안부를 물었다. 대학원도 병행한 그녀는 학교 과제로 구상한 사업 아이디어로 이미 정부의 지원금까지 받은 상태였다. 여전한 존경심에 매료돼 이야기를 재밌게 듣고 있었다. 평소 관심을 갖고 있는 분야여서 요가하고 여행하며 본 것부터 알고 있는 피트니스 쪽 이야기를 신나게 했다. 그러다 별안간 무언가 훅 들어왔다.

"사실 이 일을 네가 도와줬으면 좋겠어. 우선 몇 달간은 프리랜서로 자문을 해주고 일해 보면서 괜찮다 싶으면 창업 초기 멤버로 들어오는 게 어때?"

"네, 저… 저요? 제가요?"

깜짝 놀랐다. 알고 지낸 지 10년이 지났지만, 사석에서 만난 건 서너 번이 전부였던 내게는 하늘같이 높아 보였던 분의 제안이었다. 커리어 우먼의 정점을 달리고 있는 분이 새롭게 만들고 있는 서비스를 함께 하는 거였다. 한국에 돌아와 감사하게도 여러 일을 제안 받았지만, 모두 마음이 동하지 않아 거절했다. 하지만 이번엔 달랐다. 그토록 원하던 덕업일치를 할 수 있는 기회였다. 하지만 우선 집으로 돌아와 내가 잘할 수 있는지 일도 해보며 고민해보기로 했다. 그리고 한 달 후 이 동아줄을 잡기로 결정했다.

많은 스타트업이 그렇듯 실패할 확률이 더 크다. 들이는 노력과 시간에 비해 돈을 못 벌 수도 있다. 이런저런 위험이 도사리지만 크게 위협으로 다가오지 않았다. 진절머리 치며 퇴사를 한 이유는 일이 싫어서가 아니었으니까. 주 40시간이나 의무적으로 묶여있어야 하는 시공간의 제약이 싫었다. 하던 일에서 재미를 못 느낀 주된 이유는 성장하는 기분을 못 느껴서였는데, 이 분과 함께 일하면 스무 살 때로 돌아가 열정적으로 재미를 느끼며 일할 수 있을 것 같았다. 설령 실패하더라도 나는 아직 3회 초, 삼십 대라서 잃을 게 별로 없다. 9회말 2아웃까지 아직 한참 남았다. 나에겐 그럴듯한 회사 간판이나 명함에 적힌 직함보다 어디에 내놔도 먹고살 수 있는 실력을 키우는 게 더 좋다. 일 이야기로도 시간 가는 줄 모르게 떠들 수 있는 사람들과 일하는 것으로 충분하다. 어차피 예전 회사를 계속 다녔어도 부자가 될 가능성은 거의 없다. 그럴 바엔 삼십대 황금기에 밀도 높게 일하며 내가 원하는 환경에서 누가 시키는 일 말고 하고 싶은 일 위주로 해보고 싶다. 어차피 예전 판은 글렀으니 새로 판을 짜는 데 주저할 일이 아니다. 무엇보다 이 일을 고사하고 하고 싶은 뚜렷한 일도 없던 참이다.

긴 여행을 다녀오지 않았다면 기회가 오지 않았거나 잡지 않았을지도 모르겠다. 인생을 단순하게 살다 보니 고민하는 시간이 짧아졌다. 중요한 건 결정보다도 그 결정을 최선이 되도록 노력하는 거니까. 고민할 시간에 하나라도 하면 뭐라도 배우고 발전할 테니까. 여행을 하며 내가 무엇을 좋아하고 어떤 환경에서 신나게 일할 수 있는지 생각하는 시간이

Chapter4
그 후 의
이 야 기   239

없었다면 자칫 위험해 보이는 일에 나의 시간을 걸지 않았을 거다. 지오디(god) 오빠들이 「길」에서 열창한 것처럼 무엇이 내게 기쁨을 주는지, 돈, 명예, 아니면 내가 사랑하는 사람들인지에 대해 치열하게 고민해보지 않았다면 선택하지 않았을 것이다.

그렇게 스타트업 돛단배에 올라타기로 했다. 돛단배가 요트가 될지, 유람선이 될지, 로켓이 되어 우주로 날아갈지는 아무도 모르는 거니까. 이게 정말 나의 길인지, 이 길의 끝에서 내 꿈이 이뤄질지, 그 꿈은 누굴 위한 꿈인지, 그리고 그 꿈을 이루면 난 웃을 수 있을까? 모르겠다. 그렇지만 그 길 위에서 어떤 여행을 하게 될지 기대된다. 그걸로 됐다.

제주도에서
뭐 먹고 살지?

제주에 온 지 세 달이 흘렀다. 아홉 달밖에 남지 않았다는 사실에 벌써 슬프다. 시간은 회사를 다닐 때도, 백수로 여행할 때도, 제주에서도 공평 하다. 눈 깜짝하면 달이 바뀐다. 제주에 와서 보니 우리처럼 긴 여행을 다녀와 정착한 사람들이 많다. 지내보니 이유를 알 것 같다. 감히 한국에 서 가장 '여행 같은 일상'을 보낼 수 있는 곳이다. 눈이 쌓인 한라산은 스 위스 알프스 산 같기도, 오름 위에서 내려다본 풍경은 우리 부부가 최고 의 여행지로 꼽는 스리랑카와 비슷해 보인다. 중산간도로를 달리면 이 탈리아 토스카나가 부럽지 않다. 십 분만 나가도 바다가 있고 웬만하면 동서남북 어디에서도 한라산이 보인다. 비싼 주거비용을 지불하며 좁고 빡빡하게 서울에서 지내느니 일만 가져올 수 있다면 이곳에서 지내지 않 을 이유가 없다. 재택근무가 가능한 직업이 많아졌고, 우리 같은 프리랜 서도 많다. 그래서인지 부동산에서 집을 구할 때 마음에 드는 곳을 찾는

퇴사 전보다
불안하지
않습니다

건 하늘의 별따기였다. 집 구경 약속을 잡았지만 그새 계약이 돼 취소가 된 건도 적지 않았다. 다들 제주도에서 뭐 먹고 사는 걸까?

가만히 있으면 가마니 된다

제주에서의 시간은 대체로 잔잔하다. 삼시 세 끼를 해 먹고 치우는 가사노동과 생업을 위한 노동 두 가지를 하면 하루가 금방 저문다. 단기로 살아보는 게 아니니 여행으로 왔을 때처럼 외식과 카페 놀이를 매일 할 수 없다. 한 달을 살러 왔다면 여행하듯 지내다 가면 된다. 이곳저곳 다니기에도 한 달은 짧다. 일상에 가까운 여행이니 가벼운 마음 하나면 충분하다. 하지만 한 달이 두 달이 되고 일 년이 되면 여행보다 일상이 주가 된다. 놀 수만은 없다. 연세도 내야 하고 한라봉, 성게, 방어 등 제철 먹거리를 영위하기 위해서는 일거리가 필요하다. 노는 데도 돈이 있을수록 풍족해지는 것은 만국의 이치니까.

제주에 와서 뭐해먹고 사는지는 또 다른 화두다. 흔히들 제주에는 젊은이들이 많지 않아 할 수 있는 일이 많다고들 했다. 길지 않은 시간 겪어보니 대체로 수긍이 간다. 우리 부부의 경우 과외를 시작했다. 또래의 친구는 우연히 귤 농장에 일을 도우러 갔다 총괄 매니저로 스카우트가 됐다. 사진을 잘 찍는 친구는 상업 사진을, 또 다른 친구는 결혼사진을 찍는다. 다이빙 자격증이 있다면 강사를, 제주 집에서 온라인으로 운동을 가르치는 친구도 있다. 저마다 가진 무기를 제주에서 써먹는다. 하지만 간과해서는 안 될 한 가지, 가만히 있으면 가마니 되는 건 제주도라고 다르지 않다. 가만히 기회가 뚝 떨어지진 않는다. 적극적으로 행동을 취하지 않으면 아무 일도 일어나지 않는다. 홍보 글이라도 한 줄 올려야 기회가 시작된다. 여행 때도 그랬다. 우는 아이 떡 하나 더 먹는 건 진리였다. 호텔을 예약할 때도 '기념일인데 아내를 몰래 놀라게 해주고 싶어요. 혹시 가능하다면 방을 업그레이드해줄 수 있을까요?'라고 메일을 보내면 적어도 케이크 하나, 와인 한 병이라도 서비스를 주곤 했다. 메일을 쓰고 안 쓰고의 차이는 분명했다. 행동을 취하는 데 돈이 드는 게 아니라면 뭐든 하는 게 좋다.

서른다섯, 제주 과외선생님

제주에 와서 보름 만에 남편은 중고등학생 대상으로 영어, 수학 과외를 시작했다. 집을 구할 당시 부동산을 숱하게 다니며 제주도 학구열이 대도시 못지않게 높다고 들었다. 학원이 많은 동네가 왕복 두 시간 거리지만 매일 실어 나른다는 엄마들, 영어 학교를 들어가기 위해 과외를 받는 저학년 학생들까지. 게다가 수도권은 작년에 비대면 수업을 하며 친구의 온기가 그리워진 아이들이 상대적으로 코로나 19의 영향이 덜한 제주에 많이 내려왔다고 했다. 우리가 구한 집도 마침 학원이 왕복 두 시간 거리. 그렇다면 과외 수요가 있을 것 같았다.

여행을 할 때도 우스갯소리로 한국 가서 회사 가기 싫으면 과외를 하자 했었다. 말이 씨가 되어 현실이 될 판이었다. 대학 졸업한 지 십 년이 다 돼가고 교육 전공자도 아닌, 대학생 때의 경험만으로 가르칠 수 있느냐는 나중 문제였다. 우선 구해보고 고민은 나중에 하자는 마음으로, 계약서를 쓰자마자 맘 카페에 글을 올렸다. 바로 모집 글을 올리면 홍보 글로 삭제되니 우회적으로 수요를 묻는 형식으로 글을 썼다.

'일 년 살기를 시작한 젊은 부부입니다. 남편은 수학을, 아내는 영어를 가르칠 수 있습니다. 이 동네에도 과외를 받고 싶어 할 학생이 있을까요?'

바로 댓글이 달리기 시작했다. (어머니는 위대하다!) 반응은 반으로 나뉘었다. 일 년 이상 장기적으로 아이를 봐줄 선생님을 선호한다는 댓글, 그리고 '쪽지 주세요.'

우리의 이력과 여행 이야기를 써둔 홈페이지 링크를 쪽지로 보냈다. 전화 통화 후 집으로 아이들과 상담을 오셨다. 그렇게 네 명의 아이를 가르치기 시작했다. 견문을 넓히고 온 젊은 부부가 예쁜 공간에서 수업을 한다는 사실이 어머니들을 공략한 듯싶었다. 수업 시간에 북카페에서 나오는 음악을 틀고 종류별 빵과 수제 딸기청으로 만든 음료를 주며 아이들의 마음도 공략했다. 너무 신기했다. 서른다섯에 대학생 때처럼 과외를 할 줄이야. 여행 때 장난삼아 이야기한 게 실제가 된 것도, 이 나이에도 하면 된다는 것도. 어디에 떨어져도 뭐든 할 수 있다는 실감이 든다. 물론 소개 홈페이지를 만들고 커뮤니티에 홍보를 하지 않았다면 아무 일도 일어나지 않았을 것이다.

남편의 성공 사례에 힘입어 나는 요가 수업을 시작했다. 이 또한 '요가 가르쳐볼까?' 생각만 하지 말고 홍보 사진을 찍고 글을 써야 하는 수고가 필요하다. 플랫폼에 사진과 짧은 글을 올렸더니 충분히 모객이 될 만큼의 문의가 왔다. 신기했다. 요가원에 취직을 하면 수강 인원이 아닌 시간당 강사료를 받기에 수입이 적은 편이다. 수업 전후로 준비와 마무리 시간, 이동 경비와 시간까지 합치면 시급은 더욱 낮아진다. 반면 내가 원하는 시간에, 내 공간에서, 감당할 수 있는 인원만 받아 수업을 하면 훨씬 자유롭고 벌이도 좋다. 한 건물 건너 요가원이 있는 도시가 아닌 시골에 살다보니 이 모든 게 수월히 가능하다. 이렇게 여행하며 우스갯소리로 하던 '과외하고 요가 가르치며 사는' 삶을 살게 됐다. 제주에서 뭐든 시도할 행동력만 있다면 먹고 살 수 있다.

백수부부에서
작가부부가 되다

여행을 다니며 함께 '일간 백수부부'를 연재했던 백수부부가 작가부부가 되었다. 말도 많고 탈도 많았던 2020년을 돌이켜보면 가장 기뻤던 순간은 이 책의 출판 계약서를 쓰던 날이다. 과테말라 안티구아에서 2019년을 보내며 이 책의 프롤로그를 썼다. 내년 생일 선물로 내 책을 내고 싶다는 터무니없는 계획을 SNS에 쓰기도 했다. 허무맹랑한 꿈이 실체가 되어 지금 이 책이 됐다.

해가 바뀌기 이틀 전 남편도 본인의 이름으로 된 출판 계약서를 썼다. 내가 계약서를 쓰고 네 달쯤 지났을 때, 남편은 출간 제의를 받았다. 한 달가량 원고와 출간 방향을 논의하고 드디어 사인을 했다. 여행을 마치고 두어 달 후 그가 평소 주식 투자를 하며 공부하는 자료가 혼자 보기에 아까워 유튜브에 새 채널을 개설해 영상을 올리기 시작했다. 동학개미운동에 힘입어 짧은 시간 안에 많은 호응을 얻었다. 여행을 하며 만든 채널에서는 일 년 넘게 겨우 모은 천 명의 구독자를 몇달 만에 쉽게 모았다. 그 후 배가 늘어 삼만여 명이 구독해주고 있다. 그 중 몇 명은 출판사 관계자였다. 구독자이자 편집자인 몇 분에게 출간 제의를 받았고, 그 중 한 군데와 계약을 맺었다.

나는 반대였다. 열심히 제안서를 만들고 투고했다. 여행을 하기 전부터 늘 출판사의 연락을 기다렸다. 막연하게 유명해져 출간 제의를 받길 희망한 것이다. 책을 내고 유명인이 되고 싶었던 건 아니다. 그저 내 마음이 힘들 때 글에 기대고 위로받은 것처럼 나 같은 누군가에게 가 닿게 하고 싶었다. 그러나 출판사로부터 연락은 오지 않았다. 회사 사람들이 보는 게 싫어 비공개였던 SNS 계정을 공개로 바꿨지만, 나와 남편을 아는 사람이 아주 조금 많아졌을 뿐이었다. 셀프로 작가가 되어 '일간 백수부부'를 일 년 동안 연재했지만, 포털사이트에서 인터뷰 제안을 받은 게 전부였다. 출간 제의는 못 받았지만, 그간 쌓인 글 덕에 원고를 청탁받아 돈을 받고 글도 쓰게 됐다. 생각보다 많은 원고료가 입금된 날 나는 남편의 손을 잡고 덩실덩실 춤을 췄다. 그 돈은 한 달 생활비로 야금야금 다 썼지만, 한국에 돌아와 통장 잔고를 보며 잔뜩 움츠러들었던 마음을 펴주기에 충분했다.

물론 그게 다였다. 연재가 아닌 일회성으로 끝난 청탁에 취준생의 마음으로 돌아가 출판사에 적극적으로 나를 알리기 시작했다. 회사 다닐 때 연간계획 발표 자료를 만들 듯 정성을 들여 출간 기획서를 만들고 원고도 독립출판 모양으로 만들었다. 남이 먼저 알아봐 주기를 기다릴 수 없었다. 감사하게도 평소 흠모하던 출판사와 연이 닿아 이 책을 낼 수 있게 됐다.

회사를 나온 지 2년이 훌쩍 지났다. 다시 돌아가고 싶지도 않지만 쉽사리 돌아가기도 어렵다. 세계여행이 끝나고 바로 재취업의 문을 두드리기 싫어 여러 일에 기웃거렸다. 일 년가량 각자 하고 싶었던 일을 해보고 안 되면 그때 다시 이력서를 내보기로 했다. 게다가 일 년 동안 제주에서 살게 되면서 재취업은 일 년 더 뒤로 밀린 셈이다. 그 와중에 출판계약서 두 장으로 마음이 넉넉하다. 제주에서도 확실하게 할 일이 있어서 재취업의 보루를 걷어내도 불안하지 않다. 좋아하는 가수의 콘서트 표를 예매해두고 기다리는 마음 같달까. 돈벌이와 별개로 그저 아끼는 마음을 담은 실체를 만들어가는 과정이 즐겁다. 내가 꾹꾹 눌러 담아 쓴 문장이 모여 지금 당신에게 읽힐 미래를 상상만 해도 흐뭇하다.

지속가능한
프리랜서의
삶을 위하여

"하루 종일 뭐하고 지내?"

만나는 (직장인) 친구마다 백수의 하루일과를 물어온다. 하루를 밀도 있게 보낼 때도 "그냥 놀아."라고 흐지부지 대답하게 된다. 화자가 무슨 대답을 원하는지 알겠지만 희한하게 말문이 떨어지지 않는다. 놀기만 하는 건 아니지만 "일해."라고 말하기엔 놀이에 가까운 돈을 버니 겸연쩍다. 회사를 다닐 때도 시간이 빨랐는데, 백수의 하루 역시 쏜살같이 흐른다. 아침에 일어나 아침식사를 천천히 하고 집안일 좀 하다 '이제 일 좀 해볼까.' 하면 점심시간이다. 점심을 먹고 치우면 한 시간 이상이 훌쩍 지난다. 이제 생산적인 일 좀 해볼까, 하면 어둑어둑해진다. 저녁을 먹고 치우고 씻고 나면 어느새 잘 시간. 딱히 한 건 없는데 시간은 무심하게 빠르다. 그 와중에 회사도 안 갔는데 밤이 되면 어김없이 피곤하다.

여행을 하던 때와 크게 달라진 일상은 없다. 여행 중엔 밥을 해먹는 대신 외식을 많이 했고, 일을 하는 대신 여행을 했지만 큰 줄기는 같다. 아침에 일어나고 싶을 때 일어나서 먹고 싶은 만큼 천천히 밥을 먹는다. 그런데 프리랜서가 되니 시간을 생산적으로 보내야 할 것 같은 강박이 있다. 내가 하는 만큼 벌 수 있는 것도 아닌데, 안 하면 아예 벌 수 없는 구조에서 마냥 쉬기는 불안하다. 회사를 다닐 땐 퇴근 후와 주말엔 일 생각은 (거의) 안 했지만 지금은 스위치를 끌 수 없다. 자는 시간을 제외하고 늘 일 생각을 한다. 한량처럼 출퇴근을 안 하니 몸은 편할지언정 머릿속은 늘 복잡하다.

외국에 있을 때는 종일 숙소에서 책을 읽거나 블로그를 하는 시간도 여행의 일부였다. 독서를 통해 여행지에서 받은 감명을 말랑말랑하게 한 번 더 느끼고 소중한 감정이 휘발되지 않게 기록하는 게 중요하게 느껴졌다. 이상하게도 변한 건 배경뿐인데, 한국에서는 같은 행위를 비생산적인 활동으로 분류한다. 다른 이도 아닌 내가! 그 누구도, 심지어 함께 사는 부모님조차 열심히 살라고 재촉하지 않는다. 그런데 내가 나를 몰아치고 있다.

회사에 가기 싫으니 어서 다른 일을 찾아 안정적인 궤도 위에 올려놓아야 한다. 내가 애쓴 만큼 구축되는 작고 아늑한 세계는 내가 움직이지 않으면 아무 것도 굴러가지 않기에. 하릴없이 책에 파묻혀 있는 대신 글을 한 문장이라도 더 쓰고, 온라인에 제품을 하나라도 더 올려야 할 것 같다. 웃긴 영상만 볼 게 아니라 생산적인 내용의 영상만 봐야 할 것 같다. 매일 쓰던 블로그는 우선순위가 가장 아래로 떨어졌다. 글을 쓸라치면 한가하게 이럴 때가 아닌 것 같아 다시 창을 닫는다.

나는 '직장 다니기'에 상응하는 '다른 일'을 찾았고, '직장인'이 아닌 다른 '누가' 되려는지 정하고 싶었다. 직장은 일상을 구성하는 첫 번째 제약 조건이라서 '직장인'을 정체성으로 받아들이는 순간, 하루 일주일 1년의 생활 주기가 대체로 결정되어버린다. 그러니까 이것은 거대한, 아마도 마라톤 풀코스쯤은 되는 하나의 트랙이다. 그 트랙에서 벗어나 단번에 그만한 길이에 맞먹을 나만의 트랙을 찾아내는 것은 애초부터 불가능한 일이었다.

– 제현주 『일하는 마음』(어크로스, 2019)

초조해질 때마다 직장인이 마라톤 풀코스라면 그 트랙에서 벗어나 단번에 약 42km에 맞먹을 나만의 트랙을 찾아내는 것은 애초부터 불가능한 일이라는 선배 프리랜서의 말을 곱씹어본다. 당장은 백수에 가까운 프리랜서지만, 꾸준하게 때로는 삽질을 해가며 터득한 기술이 자리 잡는 날이 오길. 14km, 혹은 7km짜리 트랙 서너 개를 찾아내다 보면 어느새 직장인 같은 마라톤 풀코스가 완성돼 있을 테니까.

지금 잘하고 있는 건가 끊임없이 의구심이 들 때는 시간이 필요하다. 직업란에 떳떳하게 '프리랜서'라고 적을 수 있는 날을 위해 나에게 좀 더 시간을 주어도 된다. 한 번 몰입해본 후 이 길은 내 길이 아니라며 다른 트랙을 모색하는 시간도 분명 필요하다. 그 시간들이 어서 지나 씨를 뿌리고 있는 일들을 궤도에 올려 월급만큼 벌 수 있는, 아니 연봉보다 많이 버는 프리랜서의 삶에 정착하고 싶다. 뭐하냐고 묻는 사람들에게 '그냥 논다.'가 아닌 프리랜서로 '일한다.'고 당당하게 소개할 수 있었으면 좋겠다. 'A회사 B팀 대리 누구입니다.' 말고 '마케터이자 작가, 요가 지도자, 그리고 사업가입니다.'라고 소개하고 싶다. 그래야 크고 흰 강아지도 키울 수 있으니까.

재취업

루나쏠 부부

많은 이들이 선망하는 인사 업무를 하던 남편과 은행을 다니던 아내가 세계 일주를 위해 퇴사하고 1년 넘게 세계를 유랑하고 돌아왔다. 유쾌한 여행을 마치고 돌아와 다시 직장인으로 돌아가는 과정을 그들에게 들어봤다. 두 분의 이름을 한 자씩 따서 만든 사랑스러운 반려견 한이와 여행 같은 일상을 즐기고 있는 두 분을 다시 만났다.

1. 세계여행 다녀온 지 3년이 지났네요. 그동안 어떻게 지 내셨어요?

2017년 10월에 한국에 왔어요. 지금도 꿈같아요. 다녀오길 잘했어요. 여행 전에는 해외에서 살고 싶은 로망이 있었는데, 한 바퀴 돌아보니 외국에서의 삶에 대한 막연한 환상은 사라졌어요. 우리가 가진 능력을 십분 발휘하고 이웃들과 티격태격하며 행복하게 살 수 있는 곳은 한국이라고 생각해요. 돌아온 현실은 불안했어요. 취준생으로 돌아갔죠. 취업 과정은 어려웠어요. 토익, 토익 스피킹을 다시 보고 취업 스터디도 들어갔어요. 구성원 중에 제일 나이가 많았어요. 막막했습니다. 회사는 들어갈 수 있을까, 적응할 순 있을까? 해야지, 어디든 하나만 붙어라 싶었어요.

2. 퇴사 전과 지금의 일은 달라졌나요?

루 나 : 은행을 만 5년 다녔고, 지금은 금융과는 관계없는 업무를 하고 있어요. 중소벤처기업을 지원하는데, 지금 하고 있는 일은 확실히 재밌습니다. 은행은 적성에 맞지 않는다기보다 세계 일주를 위해 그만둔 거예요. 세계 일주라는 단어만 들어도 설렜고, 그때가 아니면 못할 것 같았어요.

은행은 육아휴직 제도도 잘 돼있어서 그만 두기 쉽지 않았을 텐데요.

쉽진 않았지만 지금 일에 만족해요. 장기여행을 다녀오니 갖고 싶은 것보다, 갖고 있는 것, 하고 있는 일에서 만족을 느끼게 됐어요. 확실히 전체적인 회사 분위기가 예전보다 훨씬 유해졌어요. 예전에는 야근, 회식을 당연히 여기는 문화가 있었다면 지금은 많이 줄어들었죠.

쏠 : 저는 HR업무를 하고 있어요. 면접에서 "내일 죽어도 여한이 없습니다."라고 어필했어요. 많은 도시를 돌아다니고 다양한 사람을 만난 경험으로 구성원들과 쉽게 공감대를 형성할 수 있었습니다. 업무에 있어서 도움이 많이 돼요. 예전에는 다른 생각을 가진 사람의 생각을 바꾸기 위한 전략을 짰다면, 지금은 상대방이 처한 상황을 공감하고, 미팅에서는 충분히 듣고, 상대방의 실적에 도움이 되는 방향을 제시하고 있어요. 지금 하고 있는 일이 회사를 성장시킨다고 믿고 있고, 회사동료, 지인들과의 관계에서 즐거움을 느끼고 있습니다.

3. 여행으로 변한 것이 있나요?

루 나 : 여행 가기 전에는 함께 저녁을 먹질 못했어요. 신랑은 일찍 퇴근하면 9시, 회식하고 다시 일하고 그랬는데, 요즘엔 같이 밥을 먹어요. 회사 사람들이 엄청 신기해해요. 세계 일주보다 부부가 함께 동반 퇴사를 했다는 걸 신기해하더라고요. 용기 있다고. 혼자라면 몰라도, 부부가 그랬다고(웃음).

쏠 : 선택이 쉽고 빨라졌어요. 세계 일주는 결혼 다음으로 어려운 결정이었는데, 두 번 다 최고의 선택을 했습니다. 화도 많이 줄었어요. 업무강도가 높고, 클라이언트를 중요시하는 문화다 보니 평소에는 웃고 있으면서, 한편으론 부글부글 끓어오르는 게 있었던 것 같아요. 지금은 화를 잘 안내요. 예전엔 참기 어려운 상황이라도 상대방의 사정을 생각해보고, 빠르게 합의점을 찾아봐요. 포기도 빨라졌습니다.

4. 여행에서 가장 좋았던 점은 무엇인가요?

루 나 : 아침을 여유롭게 먹는 거요. 예전에는 아침이란 없었죠. 매일 저녁 산책하거나 숙소에서 해 지는 걸 보는 것도 정말 좋았어요. 요즘도 회사 점심시간에 하늘을 보는 게 습관이 되었습니다. 하늘 사진을 찍는 걸 회사 사람들이 이상하게 보더라고요.

쏠 : 휴가는 가방 싸고, 공항버스 탈 때가 가장 좋아요. 여행지에는 도착하자마자 디데이를 세게 되고 아쉬움이 남는데, 세계 일주는 마음 편했어요.

공 통 : 서로 얘기를 더 많이 하게 됐어요. 여행 때의 습관이 남아있어서 그런지, 지금도 퇴근하고 한 시간씩 산책하거나 차도 마시면서 얘기를 해요. 예전에는 퇴근하면 자기 바빴고, 아니면 술로 스트레스를 해소했거든요.

5. 또 떠나고 싶진 않으세요?

쉰 살까지 열심히 일하고, 인도네시아 롬복이란 섬에 가서 루나(아내), 반려견 한이랑 노년을 보내고 싶어요. 롬복은 고추가 유명해요. 쌀과 고추, 야채 농사를 지어서 밥을 짓고요. 다이빙 가이드와 공유플랫폼으로 간단한 HR 컨설팅을 통해 용돈을 벌어보려고 합니다.

6. 퇴사나 세계여행을 고민 중인 이들에게 해주고 싶은 말이 있다면?

고민될 땐, 하세요. 퇴사나 세계여행은 인생의 큰 결심이잖아요. 가지 말아야 할 이유, 가야 할 이유를 찾으면 백 가지도 넘을 거예요. 그런데 살펴보면 가야 될 이유는 다 나를 위한 거예요. 퇴사나 세계 일주 생각에 이르기까지 얼마나 고민했겠어요. 단연코 세계 일주는 나에게 주는 최고의 선물입니다.

이제 막 긴 마라톤을
시작했을 뿐입니다

세계여행 이후 이야기는 아직도 진행형이다. 재취업을 하지 않았고, 창업을 하지도 않았다. 그렇다고 생계가 곤란할 지경도 아니다. 하루 종일 사무실에 앉아 하나의 월급을 받던 예전의 삶 대신 집에서 해야 하는 일보다 하고 싶은 일에 더욱 집중하며 수익을 만들어내는 실험 중이다. 그렇다. 이 책을 펼치며 기대했을 명쾌한 결론 '세계여행 후 재취업을 해서 잘 살고 있습니다.' 혹은 '회사에 안가도 월급만큼 벌어요.' 등 확실한 매듭을 짓지 못했다. 아직 우리의 이야기는 끝나지 않았기에. 이제 막 긴 마라톤을 시작했을 뿐이다. 직장인 트랙에서 나와 '어라, 여기가 아니었나?' 자각하고 옆 라인의 프리랜서 트랙을 달려보기 시작한 것이다. 퇴사한 지 2년이 넘었지만 조금 더 유랑해볼 요량이다. 인생 처음으로 무소속인 지금은 내 집단이 없으니 불안 대신 홀가분하다. 의무적으로 참석해야 하는 자리도 없고 눈치보고 비위를 맞춰야 하는 관계가 없는 삶은 기대 이상으로 가볍다. 더불어 맹목적으로 서울에 내 집 마련을 꿈꾸는 대신, 어떤 환경이 우리 부부와 잘 맞을지 이곳저곳에서 살아보고 있다.

> 늙어서 잘 살려고 오늘 먹고 싶은 아이스 아메리카노를 왜 참아야 하죠? 물론 돈을 모으는 건 중요한 일이에요. 근데 우리가 언제 죽을지는 아무도 몰라요. 저금만 하다가 오늘을 너무 고되게 살지 말고 먹고 싶은 것이 있으면 오늘 드시고요. 가고 싶은 곳이 있다면 오늘 가세요.
>
> – 2011「청춘페스티벌」에서 요조

뮤지션이자 작가인 요조가 '오늘 마실 아메리카노' 론을 펼치게 된 데는 급작스러운 사고로 세상을 떠난 여동생 때문이었다. "오늘 언니 흰 운동화 좀 신고 나갈게." 아침에 외출하던 동생은 이 한마디를 끝으로 황망하게 사고로 세상을 떠났다. 이후 그녀의 인생관은 완전히 바뀌었다고. 있을지 모르는 내일을 위해 아끼는 게 능사가 아님을 동생을 잃고 나서야 깨달은 것이다.

나에게 '오늘 마시고 싶은 아메리카노'는 여행이었다. 언제고 내일의 즐거움을 위해 참고 일하는 대신 앞당겨 오늘 맛보고 싶었다. 유리잔에 담긴 진하고 크레마가 내려앉은 아이스 아메리카노를 마시면 바로 느껴지는 시원함과 고소함처럼 세계여행을 통해 확장될 넓은 시야를 더 이상 미루기 싫었다. 팟캐스트「듣다보면 똑똑해지는 라디오」에 줄연한 요조는 유명한 아메리카노 지론에 대해 말문을 열었다. 현실상 정말 참지 않으면 안 되는 누군가에게는 박탈감으로 전달되었을까 봐 겁이 났다고 했다. 나만의 교훈이 만인에게 정답이 될 수 없으며, 그것을 강요할 자격 또한 없다고.

마찬가지다. 당장 퇴사를 하고 여행을 떠나라고 말하는 것이 아니다. 인생에 한 번쯤은 배낭 메고 떠나봐야 하지 않겠냐고 종용할 생각은 더욱 없다. 나에게는 여행이 유효했지만 저마다의 돌파구는 다르다. 반려동물, 운동, 맛집 탐방, 종교, 연애, 혹은 아이돌 덕질 등 무엇이든 될 수 있다. 그냥 집에만 있어도 에너지가 생기는 사람이 있고, 캠핑을 하는 것이 세계여행을 가는 것과 비슷한 효용을 안겨줄 수 있다. 지친 마음을 치유하는 데 굳이 뉴욕 행 비행기 표가 있어야 하는 건 아니다. 월급을 받으며 안정적인 생활을 토대로 부업을 하거나 퇴근 후 자아실현을 하는 편이 더욱 맞는 사람도 있다. 다만 내가 오래 고민하고 발을 동동거릴 때 '손에 쥔 것을 놓아도 큰일 안 난다.'고 말해줄 누군가가 필요했기에 책을 썼다. 나중에, 언젠가 할 거라면 지금도 괜찮다 말해주고 싶었다.

누구에게나 해당되는 인생 방정식은 없다. 여행 중에는 매일 어디서 자고 무엇을 먹을지 따위의 기초적인 생각으로 고차원적인 생각은 비집고 들어올 틈이 없었다. 좋아하고 잘하는 일은 여행을 한다고 터득하는 게 아니었다. 여행을 할수록 모두에게 해당되는 정답이 없음을 깨달았다. 손에 쥔 것을 내려놓고 행복을 미루지 않는 방법도 있다는 걸 말하고 싶었다. 돈을 벌고 묵묵히 일을 하는 삶을 잠시 멈추어도 큰일 나지 않음을. 내가 너무도 오래 고민하고 걱정해와 혹여 누군가 비슷한 고민을 안고 있는 이의 고민 시간을 단축해주고 싶었다.

여행이 끝나고 일 년이 지나 이 글을 쓰고 있는 지금도 우리는 여행하

던 때처럼 즐겁게 지내고 있다. 생존치가 내 안에 차곡차곡 쌓여가는 실감은 줄어든 벌이를 상쇄하고 있다. 다시 직장인이 된다면 나름의 재미가 있을 것 같지만, 그 동기는 타의(돈)가 아닌 자의이길 바란다. 이 책이 세상에 나올 즈음엔 또 어떻게 지내고 있을지 모르겠다. 회사에 다시 돌아가고 싶어져서 직장인이 됐을지, 지금 도전하고 있는 일들이 궤도에 올라 프리랜서로 지속하고 있을지, 혹은 또다시 여행을 떠났을지 모르는 일이다. 하지만 한 가지 확실한 것은 무엇이 됐든 우리 마음이 내키는 대로 내린 결정일 거라는 것. 그리고 그 결정 안에서 온 마음 다해 행복할 것임을 안다.

독자 여러분께서는 이 책을 길 위에서 배운 자세로 제2막을 만들어 나가는 성장 에세이로 읽어 주셨으면 좋겠다. 이 작은 글이 당신에게 가 닿았다면, 그래서 '맞아 맞아' 고개를 끄덕이는 순간이 있었다면 그걸로 충분하다. 이 책을 덮을 땐 '나도 한 번?'이라는 마음이 일렁인다면 더할 나위 없이 기쁠 것이다.

새로운 삶을 그리는 사람들에게 잠깐 쉬어도 괜찮다고, 세상 무너지지 않는다고 말해주고 싶다.

우리는 잘살고 있어요!

회사 밖에서 다시 시작

퇴사 전보다
불 안 하 지
않 습 니 다

초판1쇄 2021년 5월 10일 **초판2쇄** 2021년 6월 11일 **지은이** 곽새미 **일러스트** freepik **펴낸이** 한효정
편집교정 김정민 **기획** 박자연, 강문희 **디자인** 구진희, 화목 **마케팅** 김수하 **펴낸곳** 도서출판 푸른향
기 **출판등록** 2004년 9월 16일 제 320-2004-54호 **주소** 서울 영등포구 선유로 43가길 24 104-1002
(07210) **이메일** prunbook@naver.com **전화번호** 02-2671-5663 **팩스** 02-2671-5662
홈페이지 prunbook.com | facebook.com/prunbook | instagram.com/prunbook

ISBN 978-89-6782-139-5 03810
ⓒ 곽새미, 2021, Printed in Korea

값 15,000원

이 도서의 국립중앙도서관 출판예정도서목록(CIP)은 서지정보유통지원시스템 홈페이지(http://seoji.nl.go.kr)
와 국가자료공동목록시스템(http://www.nl.go.kr/kolisnet)에서 이용하실 수 있습니다.